都合のいい
地雷系彼女と
カラダだけの
関係を

もくじ

今下《いました》寧々《ねね》
付き合ってた彼氏の愚痴を言いに、
一人暮らしの家へやってきて
甘えてくる地雷系従妹。
「ちょっとくらい
おっぱい揉んでも
怒らないよ」

リヨン
ネトゲで知り合った地雷系美少女。
リアルで会って以降、
呼べばいつでも会える
都合のいい関係に。
実は……。

宮《みや》川《かわ》
近所の行きつけのコン
地雷系後輩。身体
誘惑して
「自分、別に
三番目
都合のいい女

「その気になったら
襲ってくれていいからね？」

沙《さ》羅《ら》
ビニでバイトしている
けでもいい発言で
て……。
番目でも
も、
でいいんで」

都合のいい地雷系彼女とカラダだけの関係を

すかいふぁーむ

ファンタジア文庫

3323

口絵・本文イラスト　みれあ

都合のいい地雷系彼女と
カラダだけの関係を

リヨン

プロローグ

どうしてこんなことになったのかと必死に頭を働かせようとするが、ラブホテル《こんな場所》でこんな状況で働くほど俺の頭は優秀じゃなかった。

ただそれでも……。

「り、リヨン！　やっぱりこういうのはダメだと思うんだ！」

「ふーん？　ここまで来てそんなこと言うんだ？」

別に嫌そうな顔をするわけでもなく余裕のある笑みを浮かべる。

ベッドの縁に腰かけていた俺を見下ろすリヨンは、下着姿だ。

会ったときから細いなと思っていたが、服がなくなるとさらにそれが際立《きわだ》つ。だというのにしっかり女性らしい膨らみはその存在を主張してきていた。

そのアンバランスに頭がクラクラさせられる。

黒の目立つ服がリヨンの特徴を際立たせていたが、脱いでなおメイクと髪形のおかげでリヨンらしさがよくわかった。

下着が白系統だったのが意外なくらいだ。

しかも手はもうブラのホックにかかっており、あと少ししたら……いやだめだだめだ！

理性を取り戻せ藤本彰人《ふじもとあきと》。

「でもどうして？　脱いだのを見てガッカリしちゃった？」

「そんなことはない！　決して！　リヨンはめちゃくちゃ綺麗《きれい》だ！」

「──っ！　そ、そう……」

そう。そんなことは決してないんだ。

問題は……。

「俺たちまだ初対面なのに、いきなりそういうことは……」

「ふふ。真面目なんだ？」

後ろ手に回していたその手をほどいてこちらに近づいてくる。

下着は着けているとはいえその状態で動かれるとこう……見えそうで……。

「いいよ。私も無理にシたいわけじゃないから」

リヨンがそう言いながら俺の隣に腰かけて来てもたれかかってくる。

「──!?」

「でもちょっとショックだなぁ？　そんなに魅力なかった？　私」

「いやいや?!　そういうわけでは決してなく……」

「あはは。ごめんごめん。ちょっとからかっただけだって。それにさ、アキくん」

リヨンが俺のハンドルネームを呼びながらこちらを見つめてくる。

「確かに私、アキくんの本名すら知らないんだもん」

「そうそう、それ！　それなんだよ！」

俺たちはたまたまやっていたゲームが一緒で、SNSで意気投合して、そして今日なんだ。

会ったのは初めて。顔も名前も知らなかった。

「じゃあ今日から少しずつ、教えてくれるのかな？」

「それは……」

「私は本名知ってる相手にも、ここまで見せたことなかったけどなぁ？」

ニヤニヤしながらブラに、今度は前から手をかけて見せつけようとしてくるリヨンに思わず目を逸《そ》らす。

「ふふ。そのへんもゆっくり、だね」

俺の態度を見て諦めたのか、ようやく手を下ろしてくれた。

それでもこんな場所でこんな格好で、ベッドの上に隣同士なのは変わらないんだが……。

「せっかく来たんだし、ゲームしようよ」

急にリヨンがそんなことを言い出す。

さっきまでの妖艶《ようえん》な雰囲気は一度引っ込めてくれたようだ。

「ここ、ゲームできるの？」

「そういう口実でここに来たでしょ？」

そういえばそうだった気もするし、でももうそんなことを思い出す余裕はない。

確かにレンタル品のゲームはもう机に並んでいた。

俺たちが出会うきっかけになったFPSゲームも、一応出来るらしい。

「あの……」

「んー？」

「せめて服、着ない？」

いそいそゲームの準備を始めたリヨンに言ってみるが……。

「んー、ダメ。今日はこの格好で一緒にいる」

「なんでまた……」

「断られちゃったの、悔しいから」

「ええ……」

「その気になったら襲ってくれていいからね？」

ニヤッと笑いながらゲームを起動するリヨン。

結局その後やったゲームはどれも下着姿のままのリヨンに目がいって集中できず、散々な目に遭ったのだった。

地雷と裏側

「やってしまった……」

あれから一週間。

リヨンから一切連絡はなかった。

そりゃそうだろう。あんな直前までいってひよった男にもう用なんてないはずだ。

「ぐぬぬ……」

後悔はある。断言できる。

リヨンは気が合うゲーム仲間で、顔が可愛《かわい》くて、スタイルが良くて……いや待て違う。

違うんだけど……。

「ひよったなぁ……」

別に女性経験がないからとか、そういう理由じゃないんだ。

いやまぁ俺に女性経験はないんだけど、そうじゃない。

「明らかに……地雷系だったよなぁ……」

ホテルにたどり着く前から俺はもうビビってたところがある。

会った瞬間その顔と服を見てパッと浮かんだ単語がそれだった。

――地雷系

踏み抜いてはいけない女性を指して言うスラングだ。

愛され願望が強くすぐに精神を病んで周囲に影響を及ぼすメンヘラ。束縛が激しく愛が重いヤンデレなど……。

概《おおむ》ねこの辺りの要素を詰め込んだ言葉。

手を出したらまずいタイプの女の人だと瞬時に思ったし、実際にその手前までいったらビビるのも無理はない……とは思う。

いやでも……。

「別にリヨンは、悪い子じゃないのになぁ……」

見た目だけでビビったことが今となっては恥ずかしいのだ。

「地雷系って言ってもそもそも、リヨンはそんな雰囲気じゃないというか……中身のことは知ってるつもりだったんだけどな……」

見た目でジャッジ出来るほどに確立されたファッションではある。

地雷系とは本来、内面は魅力的だが手を出すと後悔する相手を指す単語だった。

一方ですでに地雷系女子という言葉が存在するくらいには、容姿だけでその特徴に当てはまるかどうかのジャッジが出来る言葉にもなっている。

泣きはらしたような涙袋に、色素の薄い雰囲気感を演出するメイク。

黒を基調としたフリルやリボンのあしらわれた可愛らしいワンピース。

リヨンの容姿は総合して、踏み抜いてはいけない相手であるということを示すには十分なものだった。

考えれば考えるほどもったいないことを——違う。

その見た目に惑わされたことに対して、申し訳ないことをした気になってくるのだ。

だってリヨンは、見た目ではなく中身から知り合ったんだから。

俺はリヨンに一度も、踏み抜いてはいけないなんて感情を抱いたことがなかったのだから。

ただまぁ……。

「本名すら知らないまま、っていうのもなぁ……」

相手からすれば何ともなかったかもしれないが、俺は初めてで……いやもうこんなことを考えるのすら情けないんだけど……。

「でも……リヨンが頭から離れないんだよな……」

考えれば考えるほどドツボにハマっていく。

罪悪感と、後悔と、そして何より……。

「リヨンと連絡が取れていないことが、結構キてる……」

気の合う友達を失った喪失感が大きい。

自分から連絡を取ればという思いと、もはやそれすら申し訳ないという葛藤。

そんな思考をずっとグルグルさせ続けて何もできない、悶々《もんもん》とした日々を過ごしたのだった。

◇【理世《りよ》視点】

「あぁぁあああ」

部屋で一人、前田《まえだ》理世は悶《もだ》えていた。

「絶対引かれたじゃん……」

かれこれ五日経《た》つというのに全く立ち直れる気配がない。

慣れない恰好《かっこう》で、慣れないキャラで振るまったことが、後々になって精神的なダメージを加えてくる。

しかも……。

「アキくん、あれから連絡くれない……」

これが一番ショックだったことに、理世は自分でも驚いていた。

理世にとって、世界は常に仕事と共にあった。

仕事の内容を考えれば、慣れないキャラで立ち振る舞うことには慣れていたつもりでもあった。

だというのにこの状況になっていることが、理世のダメージを増していた。

「やっちゃった……」

仕事《アイドル》に少しだけ嫌気がさして、のめりこんだゲームで知り合っただけといえば、それだけの関係。

だが……。

「よく考えたら私、仕事のこと関係なく見てくれる相手なんて初めてだったんだ……」

こうして冷静に考えれば、平常心でいられないのも仕方ないのかもしれない。

小学校を出る頃には業界にいて、そこから出会う人間にはみんな、そういう人《アイドル》として見られていた。

初めて素の自分を出した相手が彰人《あきと》だった。

もっとも、会ったときの恰好がどこまで素だったかは自分でもわからない面もあるのだが……。

「うぅ……。でもあの服可愛いし……普段の私と違いすぎて街でも気づかれないし……色々都合よかったんだけど……。アキくん、ああいうのダメだったかなぁ……」

部屋に置いてある自分のポスターを見つめる。

白い衣装を着て、キラキラした笑顔で呑気《のんき》に手を振っている。

清楚《せいそ》アイドル前野理世。

リヨンの今の売り出し方はこれだ。

「似合わないなぁ……」

ぼそっと、自分の部屋だというのに誰にも聞かれないように小さくつぶやく。

「アキくんと仲良くなれたら、これも相談出来たのかな……」

今となってはもうどうしようもない。

また思考が悪循環に陥っていくのを理世は感じ取るが、考えれば考えるほど色んな後悔が頭をよぎって、頭の中で勝手にダメな方向に進んでいく。

実際学校も仕事も、ここ数日はちょっと集中できてなくて細かいミスが出ているほど。

そんな中で、何度も考え込んで、悪い方向ではないところに向かうときもある。

「あんな状況で断る子、実在するんだ……」

ちょっと、いやだいぶ新鮮な感動を理世は覚えていた。

理世自身にそういう経験があるわけではない。

ただ、周囲の人間たちから話を聞いている限り、男というのは誰しもみんな性欲が頭の八割を占めているものと思っていたし、そのつもりで活動しておかないといけないと思っていたところがある。

理世の周りでは、そういった話は吐いて捨てるほどあるわけだ。

男女ともに容姿に優れた人が集まる。

そしてその全員が聖人というわけでもあるまい。

男女のいざこざはよくあることだ。

いざこざじゃなく、割り切った関係というのも、それが仕事に繋《つな》がってしまうことすらも、ないとは言い切れないのだ。

でも……と理世は考える。

「アキくんはあの状態でも理性が残ってた……。これってすごいんじゃないの⁈　すごい……気がする。そうだと思う。じゃないと私に魅力が……いやいやそれはない。大丈夫。

だったらとっくに干されている。そうだよね⁉︎」

一人で暴走していって、そして冷静になる。

いや、冷静にはなり切れていない言葉が、理世の口から漏れてくる。

「どうせ付き合ったり、そういうことするなら、アキくんくらい誠実な方がいいよね」

ついそんなことを想像してしまう。

そしてまた、頭の中で勝手に想像が膨らんで……。

「ううううう」

顔が熱くなっていく。

「だめだぁああああ」

そもそもどれだけ思ってももう、最初のやらかしを取り返せそうにないというのが理世の結論だ。

「うぅ……」

そう思えば思うほど、もったいないような、複雑な心境が頭と心を支配していく。

でもどうしたらいいか、もう自分でもわからない。

少なくとも理世にとって彰人は、気の合う友達で、始めたばかりのゲームでも優しく教えてくれる紳士で、毎日話したって飽きない、そんな相手だった。

そういう関係になれなくても、失って平然としていられる相手ではもう、なくなっていた。

「どうせダメなら、連絡くらいこっちからすればいいんじゃないの……」

そうだ、と気持ちを切り替える。

「これで返事がなければ諦めよう。色々」

でももし返事があったら……と、携帯を握りしめながら思う。

「次は、もっとうまくやる……」

私はアイドルなんだから、と。

あれだけたくさんの相手を楽しませる仕事をしていて、ただの男一人楽しませられないんじゃやっていけないだろう、と。

アイドルが出来るくらいだ。

理世も自身の容姿については、多少なりとも自信がある。

そのプライドにかけても……と考えて、立ち止まる。

「違うな……」

単純に寂しいという自覚がある。

他の言葉は、全部言い訳だ。

あくまでリヨンとして、アイドルじゃない自分にとって、簡単に諦められない相手になったんだ。

だってそもそも、アイドルじゃない自分を見てもらって、楽しく話をした相手なんて限られているのだから。

だから……。

「……」

決意を固めて携帯を手元にもってくる。

素早く操作をすると、その勢いのまま……。

「えーい！」

五日ぶりのメッセージを勢いだけで送り付けた。

そして……。

「うわぁああああああ！」

ベッドに飛びこんでゴロゴロ転がりながら、一人反省会が始まる。

良かったかなこんな文で⁉

もうちょっと考えた方が良かったかな⁉

いや、でももう見直すのも怖いし、怖かったし、無理無理無理無理無理！

だめだぁあああ。

もし返事が来なかったらどうしよう⁉

そもそもうブロックされてるかもしれない。

だったら私の決意は、見られることもなく終わっちゃうんだ。

そんなことを考えて……。

「それは……いやだな……」

とにかく彰人と、何かしらの形で繋がっておきたい。

それが理世の、今の願いだった。

「これじゃほんとに、依存しちゃう地雷みたいじゃん……私」

自分が好きなのはあのファッションだけのはず……。

そんなとりとめもない考えがずっと頭の中をグルグルとめぐり続け、結局メッセージを送ってからも、頭の整理は一向に出来ない。

ベッドに突っ伏したまま、時間だけが過ぎていくのだった。

妹みたいな

「え……」
部屋に飾られていたポスターをぼーっと眺めていると携帯が震えた。
いやそこまではいいとして……。
「これ……リヨン⁉」
もう連絡はないと思っていた相手からの通知。
幸い電話ではない。この通知はメッセージのものだ。
内容はまだ見えないが……。
すぐ返したいけど見るのが怖い気持ちもある。
とにかく今一人でこの連絡と向き合う度胸と気力が……と思っていると……。
——ピンポーン
今の俺にとっては救いとなるインターホンが鳴らされた。

一旦思考を放棄してそちらへ対応することにしたんだが……。

「お兄～。早く開けて～」

間延びした声が部屋にまで届いてくる。

「……寧々《ねね》か」

今下《いました》寧々。

親戚の子でこうしてたまにうちに来ては……。

「お兄～」

「はいはい開けるから……」

「ねえ、死にたい」

愚痴を言いに来る相手だった。

「いきなりそう来たか……」

「だってさー。付き合った先輩がまたすぐエッチしたがって」

インナーカラーが目立つツインテールに涙袋の目立つメイク。

黒のスカートにピンクのシャツ。

リボンや肩の露出、その他フリル……。

リヨンを見て地雷系と断定し、警戒した理由の一端は、この妹のような少女にあると言えた。

黒がメインだったリヨンに比べるとピンク要素が強くファンシーな印象だ。

これは寧々の普段を考えれば通常通りの恰好《かっこう》ではあるが、それでも少しいつもより気合いが入っている。

おそらく、デートか何かの予定があったはずだ。

慣れた手つきでコートを定位置にかけながら、軽い調子で死にたいなどと言う寧々に、一応これだけ言っておく。

「付き合ってるのに男の家に来るもんじゃないぞ」

「別れたよーもう。あ、寧々レモンティーがいいー！」

軽い……。

それに……。

「そんなものが一人暮らしの男の家にあるわけないだろ」

「えー。寧々この前置いていったじゃん」

「え……？」

知らないぞそんなもん。

「ほら、ここ！　お湯入れるだけで出来るからー」

いつの間に……。

引き出しを開けて箱だけ取り出し、後は任せたとキッチンから離れていく寧々。

もはや自分の家のようにくつろぐ寧々を見ながら、お湯の準備を始める。

わがままな妹という感じだな……。

なんだかんだでこうして甘やかすからそうなったんだろうと思いつつ、そこまで嫌ではない自分もいる。

「はぁ……。なんで寧々の相手っていつも身体《からだ》目的なんだろー」

「なんでだろうなぁ」

レモンティーの説明書を眺めながら相槌《あいづち》を打つ。

ティーバッグではなく粉末を溶かして飲むものだな。箱を開けるとスティック状の入れ物がいくつも出てきた。

「お兄だけは私のことそういう目で見ないもんね？」

「まあ……妹みたいなもんだしなぁ……」

それに加えこの裏の顔《かお》を知ってるというのもある。

確かに可愛《かわい》らしい容姿だし、男に隙を見せているわけだし、惹《ひ》かれるのもわかるんだが……。

その隙はおそらくわざとだ。

見えてる地雷を踏み抜きにはいかないだろう、普通。

「妹みたいって言ってくる男、大体すぐエッチしたがるんだけどなぁ。でもお兄は信頼してるー」

要望通りレモンティーを二人分淹《い》れてテーブルに持って行って隣に座ると、すぐ寧々が肩を預けてくる。

これはそりゃ……男なら手を出せると思う気がするんだけどな……。

「あー。お兄なら安心して甘えられるんだけどなぁ。彼女作らないの？」

「作らないというか……別に機会がないというか……」

「えーお兄と付き合えるなら幸せにしてくれそうでいいなーって思うのに。お兄がもうちょっとイケメンだったら」

「おい……」

「あはは！」

こうやって予防線を張ってくるからこそ理性が働き続けるというのもあるのだろう。

何よりお互い親戚だ。何かあれば面倒なことはわかっているという部分もある。

レモンティーに一口だけ口を付けたかと思うと、すぐにカップを置いて隣に座った俺の膝に頭を預けてきた。

「うぅ……今回は本気だったのに……」

そしてそのまま、俺の太ももに顔をうずめてそうつぶやいた。

これもまあ、いつも通りといえばそうなんだが……。

「本気ならそういう機会も出てくるんじゃないのか？」

俺もレモンティーを持ち上げようと手を伸ばしながらそう言う。

「順序があるじゃん！　痛っ！」

ちょうどガバッと顔を上げてきた寧々が俺の肘に頭をぶつけて再びうずくまる。

レモンティー持つ前で良かった……。危ない……。

「うぅ……」

「悪い……大丈夫か？」

「撫《な》でて」

突っ伏したまま顔だけ上げてそう言ってくる。

「はいはい」

このくらいの要望はもう慣れたものだ。

「あーあー。そう。先輩もこうやって優しく撫でて……いや、この感触はその前の先輩に

近いかも？　でも去年ちょっと付き合った人もこんな感じだった気がする」

「人の手を元カレと比べるな」

こうして会うのが、毎回別れた合図というわけだ。

大体月に一、二回来る。

こうして考えると結構な頻度だな……。

そんなことを考えていると……。

「ん——……というかお兄、なんか撫で方変わった？」

「え？」

「なんというか……寧々に向けられてないというか……でもちょっと女を意識してる気がするというか……」

「どういうことだ」

身体を起こしながら考え込む仕草を見せる寧々。

そして……。

「私以外に最近、誰か撫でた？」

「え？」

鋭い。

そしてちょっと表情が怖い。

なんでだ……。怒られる理由もないのになんか圧がある。

リヨンと会ったあの日、ゴールには至らなかったものの、身体を密着させるシーンもあれば、頭を撫でるくらいのことは、普通に起きていたわけだ。

ただなんでそれがわかるんだ……。野生の勘……？

「撫でたでしょ。撫でてなくてもなんかそういう相手出来たでしょ！　絶対そう！」

変なテンションのまま顔を近づけてくる寧々。

「お兄は私のなのに！」

「別に寧々のじゃないだろ⁉」

一人称が私になるときは真剣なときが多い気がする……。いやそんな変なところで真剣になられても困るんだけど……。

「誰？」

「誰って……」

「お兄に彼女が出来るならせめて寧々の認めた相手がいい！　あのポスターの子くらい可愛かったら認めてあげる！」

「無茶言うな⁉」

バンッ、と指さす先にあるのは人気アイドル前野理世《りよ》のポスター。

白の衣装がよく似合う清楚《せいそ》キャラで、五百年に一人の美少女なんて言われる存在だ。

そんな存在お近づきになれるはずもないだろう。舞台と客席の距離感、その最前列ですら少し遠いくらいの相手なのだ。

物理的にも、お金の意味でも、心理的なハードルでも……。

まあそもそも、そういうものとして見ていないから考えるまでもないんだが……。

そんなことを考えていると寧々は急にさっきまでの剣幕を抑えてケロッとこんなことを言う。

「まあ、お兄なら別にすぐ彼氏彼女とかにならないだろうしいっかー」

「急に冷静になったな……」

さっきまでの勢いが突然なくなって、また膝に寝転んで俺の顔を見上げてくる。

「というかむしろお兄に彼女とか出来たら話してみたいし楽しいかも。どういう相手なの？」

コロコロ感情が動きすぎて振り回される……。

そのせいで……。

「どういうも何も、何も起こらずだったからな」

「やっぱいるんじゃん、そういう相手」

ジト目で睨《にら》んでくる寧々《ねね》。

嵌《は》められた……。

「というかどういうこと⁉　何も起こらずって少なくともデートまでは行ってるの⁉　マッチングアプリ⁉　いい男と出会えるなら私にも教えて！」

「違う違う。ゲームの友達だ」

もうバレたならある程度は言った方がいいだろうと諦めて白状する。

というかそもそもそういうサイトを使っていたとしても俺は男との出会い方はわからないだろうに……。そういうのもあるかもしれないが少なくとも俺は女の子との出会いに使うだろう……いや待てそうじゃない。

「最近はゲーム内でマッチングしたら、その相手とメッセージや通話のやり取りが出来るし、相性が良ければそのまま一緒に遊ぶために外部ツールでも連絡を取り合うようになるんだよ」

変に誤解されるよりマシかと思って説明をする。

とはいえ俺にそういう相手は多くないというか、リヨンとしかそこまでの関係に発展したことはないんだが……男女問わず。

「へぇ……。そんな出会い方あるんだ」

なんか変な知識を与えてしまった気もする……。

「まあそれはそうとさ、どこまで行ったの?!」

「いや……それが……」

考え方を変えれば、これはいい機会かもしれない。

もうこの際だから経験豊富そうな寧々に相談するとしよう。

「この前初めて会って以来なんとなく、連絡取れなくなってた」

「はぁ？　お兄、なんかやらかしたの？」

「いや……それは大丈夫だと思うんだけど……」

逆に何もヤらなかったことがやらかしといえばそうなのかもしれないんだけど……。

「まあお兄の場合何か嫌なことするというより、何もしな過ぎて脈なしになった可能性もあるけど……」

見ていたかのように見抜かれていた。

何も言わないでおこう。

「いやでもそもそもゲーム仲間でそうなってたら相手が出会い目的みたいだよね」

「そうではなかったと思うんだけど……」

「んー。で、あっちからも連絡ないの？」

「あー……それがほんとにさっき――」

俺が携帯を指してそう言いかけた途端……。

「すぐ返す！　待たせちゃダメでしょ！　ほら！　私ちょっと向こう向いてるから！」

「え……」

「ほら早く！　終わったら言って！」

変なとこは律儀《りちぎ》なんだよなぁ。

先延ばしに出来たと思ったのに逆にタイムリミットが早まったらしい。

まあいずれは必要になったか……。

「まだ⁈」

「まだ開いてすらいない！」

寧々が痺《しび》れを切らす前に何とかしよう。

そもそも肝心の内容は……。

『久しぶり……かな？

アキくんさえよければまた一緒にゲームしたり遊んだりしたいから、連絡待ってます』

「おお……」

「どうしたの？　お兄」

しっかり俺に背を向けたまま、背中越しに寧々が声をかけてくる。

「いや、やっと中身を見た」

「遅い！　一秒でも早く返してあげて！」

寧々に言われるまでもなくその必要性は感じていた。

文面しか見えずとも、どんな気持ちで送ってきたか察しがつく。

すぐに文面を考える。いや……考えるまでもないな。

『俺もまた会いたい』

まず真っ先にこれを送る。

次の文面を考えてる間にすぐ既読マークがついた。

「ずっと見てたのか……」

「お、ちゃんと返したの？」

「ああ。ありがとな」

「いえいえー。で、で、どんな感じ!?」

「えっと……」

こちらに向き直った寧々と話しながらも携帯を確認すると、すぐ返事が来ていた。

『良かったー！　次はどこ行こっか！』

「次の予定を決めてるとこ」

「え、進展はや。やばいじゃん。デートでしょ⁉」

「まあ……そう言われるとそうなるのか……？」

冷静に考えると前回もそうだったのかと思うと何か顔が熱く……いやそもそもそれ以上のことをしたんだった……。

そんなことを考えていると寧々は何か考える素振りを見せて……。

「ふぅん。そんないい相手なんだ？」

「何でそう思った……いや言わないでいい」

何を言われるか想像できたので止めたんだが……。

「お兄の顔見たらわかる」

言われてしまった。

人に言われると余計意識してしまう。

「で、どこ行くの？　お兄のセンスが問われるよ」

「え……」

「この前はどこ行ったの？」

「なんかゲームのコラボカフェがあるから行こうって向こうに決めてもらって——」

「じゃあ次はお兄がエスコートしなきゃねー」

ニヤニヤしながら寧々が言う。

その勢いのまま俺に背中からのしかかるようにこちらに来た。

ちょっと重い……というと絶対怒られるから言わないし、柔らかいものが当たっている感触についても一旦考えないことにする。

寧々が相手ならこのくらいの理性は働く。

「エスコートなぁ……」

「カフェ巡りとかしておいでよ」

「ハードルが……」

そんなデートらしいデート……と思うし、そもそもカフェについての知識がゼロなんだ。

巡れるほど知識も余裕もない。

俺の顔を肩越しに確認して、寧々がちょっと考えてこんな提案をしてくれる。

「んー……確かにお兄の場合、勝手にイベントが発生した方がいいか。猫カフェとかは？」

「あー……」

「ほら、ここともイグアナとも触れ合えるって！」

「待て待て。猫どこ行ったんだ⁉」

ちょっと気になってしまうのも悔しい。

寧々が携帯の画面をこちらに見せてくる。

「へぇー。猫のエリアとちょっと変わった動物のエリアでわかれてるんだー。見て見て！　ミーアキャットだって！　可愛《かわ》いー！」

「可愛いけど……イグアナとミーアキャットって一緒にいられるんだな……」

写真ではライトの下で背伸びをするミーアキャットと、のんびりくつろぐ大きなイグアナが並んでいた。

そのほかにも巨大なリクガメやら、ウサギやモルモット、ハリネズミなんかがいるらしい。

「お兄、こういうの好きでしょ」

ニヤッとこちらを見て寧々が言う。

間違いなく好きだ。もうすでに興味があるし、なんなら一人でもちょっと行ってみたい気持ちすらある。

「俺は好きだけど、これ……女子的にどうなんだ？」

イグアナにテンションが上がるのは少数派では、と思ったが……。

「寧々はありー。というか、気になってる相手ならこういう自分が好きなとこに連れていかれて盛り上がってるの見たら、可愛いって思っちゃう」

「可愛い……いいのかその評価で……」

「あ、お兄、可愛いを舐《な》めてるでしょ」

寧々が背中から離れ、わざわざ正面に正座をして喋《しゃべ》り始める。

「いいですか、お兄。女子の可愛いは、最上級の誉《ほ》め言葉だから」

「なんか安売りされてるイメージがある」

「それは女の子同士でしょ！　あれは挨拶だから！　いただきますとかごちそうさまと一緒！」

それはそれでどうなんだ……。

「今はそうじゃなくて！　女子が男子に言う可愛いの話！　これはもう言わせたら勝ちだから！　寧々も可愛いと思った相手は沼るから！」

「沼る……」

「かっこいいだとね、かっこよくないとこ見た瞬間冷めるの。でも可愛いなら、何したって可愛いになっちゃうんだよ！　あれはズルだから！」

寧々《ねね》が熱弁する。

なるほど……。言わんとすることはわかるが、なんとなく感覚がついていかないという
か……。

「まあとにかくお兄は今回ここ行けばいいよ。絶対うまくいくから」

「そうなのか……？」

「そうそう！　寧々が保証する！　うまくいかなかったら慰めてあげるから！　ちょっと
くらいおっぱい揉《も》んでも怒らないよ。なんなら景気づけに揉んでおく？」

「揉むか！」

「あはは」

胸を持ち上げながらそんなことを言い出す寧々の頭を軽くこづいておいた。

なまじ胸があるだけよくない。非常に……。

「あーあー。今のはちょっと冗談っぽく触っとけば良かったのに」

ニヤニヤとこちらを見てくる寧々。

これで身体《からだ》目的だなんだと文句を言いに来るのはちょっと、男の方がかわいそうになる
くらいだ。

本当に揉んでおけば……いやいや冷静になれ。ちょっと惜しかったとか思ったらその時点で寧々の思うつぼだ。

「ま、お兄が変に女慣れしちゃうのも嫌だしこれでいっか」

「そう思っといてくれ……」

本当に勘弁してほしい。

手を出されないとわかっているからこそやっているんだろうけど……。

「じゃ、デートの報告楽しみにしてるから。もう明日土曜日だし、行っちゃえばいいじゃん！」

「そんなすぐに無理だろ」

「聞いてみた？」

「それは……」

まずどこに行くかの提案からなのにいきなりそれはと思っていたんだが……。

「お兄がメッセージ送るまで、寧々帰らないから」

机に座り、両手で頬杖《ほおづえ》をついて、くつろぐ姿勢を全面に見せてくる寧々。

そろそろ帰らせないと暗くなる……いやもうそういう歳《とし》でもないんだろうけど……。

「わかったよ」

いずれにしてもやらないといけないことには変わりがないわけだしな……。

寧々から送られてきたURLをそのままリヨンに送る。

『もしよかったらここととかどうかな
明日明後日《あさって》は土日だし、俺はどっちでも行ける
突然だし無理なら別日でいいから』

文章を作って、何度か確認して、改めて……。

「送ったぞ」

「おお！　返事は⁉」

「そんな早く来るわけ……」

――ピコン

「来た……」

「ふふ。これはガチで脈ありじゃん、お兄」

「いや……」

寧々の言葉は一旦忘れて、内容を確認する。

『行く！　明日、駅前で待ち合わせでいいかな？』

テンポが速い……。

「その顔、オッケーだったんだ？」

「まあ……」

「いいじゃん！　まあとにかく楽しんできたら大丈夫だから！　お兄は変にモテなそうとかそういうこと考えないほうがいいよ！　自然体が落ち着いてていい……ってあれ？　それじゃ落とせないか、寧々みたいになっちゃうし」

この際別にそれでもいいというか、元々の関係値に戻れるならそれでいいんだが……。

「どうしたらいいと思う？」

期待していないと言えば嘘《うそ》になる。

一応確認しておくと……。

「んー。おっぱい揉んでいいって言われたら揉む、くらいかな？」

「……」

役に立つ助言は得られなかった。

いやまぁ十分寧々には助けられたわけだが……。

「そんなシチュエーションになるわけな……いだろ」

危ない。

途中で前回のことを思い出して言葉が途切れそうになったが何とか言い切った。

流石《さすが》にあんなことになったとまでは寧々に言えないからな。

「んー？　まあお兄が本気なら、ちょっとくらい攻めてもいいと思うよって」

「はいはい」

一応誤魔化せたようだ。

「ところでお兄」

「ん？」

「明日着ていく服、ちゃんとあるの？　寧々が選んであげよっか？」

「いや、遠慮しとく」

「えー……一回寧々好みになってよー」

「寧々の好みに合わせても仕方ないだろ⁈」

そもそも選ぶほどのレパートリーがない。

寧々のタイプを見てきた限り、服は買ってこないと好みにならないだろう。

「んー、まあいいや。デート頑張ってね、お兄」

でも思う。

「ありがと」

デート、という言葉はあまり意識しないようにしたいが、否定することは難しいと自分

腹を括《くく》ろう。

「あーあー、これでお兄も彼女持ちになっちゃうのかなぁ」

「いや……少なくとも明日いきなりってことはないと思うけど……」

流石に展開が早すぎる気がする……という思いと、そういう手順的なことを考え出すと

前回のことがあるせいでわけがわからなくなるという気持ちが入り乱れる。

「ま、どうあれ報告してね！　寧々も明日はデートだから」

「は？　さっき別れたって……」

「別の相手に決まってんじゃーん。寧々は一度捨てた相手とはもう連絡取らないし」

なんですでに別の相手がいるのかとか、色々ツッコミたいことはあるんだが……。

「ならお互い明日の準備もあるし、そろそろ帰れ」

「はーい。でもお兄、寧々のこといつまでも子ども扱いしすぎだと思うんだよなー。今ど

き暗くなる前に帰れなんて言われることないのに」

文句は言いながらも口調は柔らかで笑っているあたり悪いとは思っていないんだろう。

「妹みたいな相手の扱いはいつまでもこうな気がする。というか、暗くなったら送るぞ？」

「えー。送り狼《おおかみ》されちゃうの？　寧々」

「叔母さんもいるのにそんなわけないだろ⁈」

「あはは」

なんだかんだ言ってこの距離感をキープしておきたいという気持ちがあるのはお互い様だろう。

「ふふっ。じゃ、また明日連絡してね！」

寧々の方もおそらく同じ気持ちなんだろうと思える反応を見せて、大人しく帰って行ったのだった。

デート

「ちょっと早く着きすぎたか？」

待ち合わせ場所はお店の最寄り駅だ。

集合時間に余裕を持たせて二十分前に到着しようと電車の予定を調べて、自宅からの最寄り駅に遅れないよう少し早めに家を出た結果、二本早い電車で着いて今は待ち合わせ三十分前だ。

「時間をつぶすにも微妙な時間だな」

立ってるには長いがどこか店に入るには短い……。

まぁ人の多い駅だ。すぐに合流できるかわからないし、目印になるものでも探して待とう。

と思っていると……。

「おい、めちゃくちゃ可愛《かわい》い子いるじゃん」

「いやでもあれ、明らかにヤバくね？」

「地雷ってやつ？　いやでもあそこまで可愛い子なら俺別に重くても病んでてもいいか

も」

「それはそうかもしれん……ちょっとテレビでも見ないくらい可愛いからな……」

隣にいた男性二人組がそんな会話をしているのが聞こえてきて、その目線を追うと……。

「やっぱり」

「あ、アキくん！　もう来てたんだ。待たせちゃったかな？」

パタパタとこちらに駆け寄ってくるリヨンと、目を丸くする男たち。

まあ、待ち合わせの相手が俺だとは思わなかっただろう。そのくらいリヨンは何か特別感があるオーラを放っていた。

「いや、俺が早すぎただけ……というかリヨンも随分早いな」

「あはは。ちょっと待ちきれなくて」

相変わらず恰好《かっこう》は黒い。服装だけでなくマスクも。

ただそのマスクでも隠し切れない何かがリヨンにはある。手入れされた綺麗《きれい》な髪がキラキラして見えるような気すらした。

「えっと……」

しまった。

ジロジロ眺めすぎたせいでリヨンが不安そうにしたのかと焦《あせ》ったんだが……。

「ありがとね。返事くれて」

リヨンが言う。

そうだ。そもそもここから話さないといけないんだ。

容姿に圧倒されてちょっと忘れかけていたというか、頭の片隅に追いやられていたところがあったので、慌てて軌道修正する。

「むしろごめん。なかなか連絡できなくて……」

「あはは。あれは仕方ないというか……私がやらかしたというか……今日はそういうのなしで！　いやアキくんの気が変わったなら誘ってくれても……違う……何言ってんだ私……」

テンパって顔を赤くするリヨン。

マスク越しで赤さがわかるってすごいな……。

「うぅ……とにかくっ！　今日は普通に楽しむから！　ね？」

ただ俺もいっぱいいっぱいなのは同じなので、リヨンの明るさがありがたかった。

「今さらだけど、送った場所で良かったのか……？」

「え？　全然いいよ！　楽しそうだし」

ニコッと笑いながらこちらを振り返るリヨン。

もうすでに俺の手を引いて歩き出そうとしている……。

というか、さらっと手を握られていた。

「ならよかった」

相手があまりにさらっと、あっさりそんなことをするから、こちらが動揺するわけにはいかないという謎のプレッシャーがある。

「にしてもアキくん、こういうの好きなんだねー」

「ああ」

「ふふ。いいと思う。ペットとかいるの？」

「いや、一人暮らしだし飼うにはちょっと」

「え！　一人暮らしなんだ⁉　一緒だ」

駅からの道をどんどん歩きながら進んでいく。

栄えた駅ではあるが、主要な遊ぶエリアがちょっと歩いた先にあるという構造上、十分くらいはこういう時間が生まれる。

まあ話しながらならあっという間だということも前回学んだから、今回もそうなると思うんだけど。

「一緒ってことは、リヨンも……？」

「うん。今度遊びに来る？」

「え……」

思いがけない誘いにドキッとさせられる。

こちらの反応のせいか、それとも勢いで言ったせいか、またリヨンが慌ててこんなことを言い出す。

「あ、その……別に変な意味じゃなく！　ほんとに！　ほら、うちなら一緒にゲームも出来る……って前そう言って行ったんだった……」

一人でドツボにハマっていくリヨン。

いや、リヨンがこうしてくれるおかげで俺が何とか平常心でいられるんだろうな……。

自分より焦っている相手がいると冷静になれるというか……。

「ちょっとアキくん！　ニヤニヤしないで！　私だけテンパって恥ずいでしょ！」

照れ隠しに軽く肩を叩《たた》かれる。

顔を背けようとしながらも、つないだ手は離さないせいで逃げられない。

可愛らしい感じになっていた。

「もう……。ところでアキくんって、こういうお店よく行くの？」

すぐに気を取り直した様子でこちらに問いかけてくるリヨン。

俺の方が背が高いおかげで、この距離だといちいち上目遣いなのがちょっとドキドキさせられる。

いや今はちゃんと会話に集中しよう。

「ん？　いや、実はお店も仲いい親戚に教えてもらった」

「へー！　その人はこういうの好きなんだ！」

「そういうわけじゃないと思うというか……」

どう説明するべきか悩ましい。

寧々《ねね》は別にこういうところが好きだから教えてきたわけじゃなく、デートコースのおすすめとして言ってきたんだろう。

しかも本人の好みではなく、俺とその状況に合わせて……と考えると思ったよりも色々計算されていてすごいな。今度改めてお礼しないと……。

「アキくん……？」

「ああごめん……その……なんと説明すればいいかわからないんだけど……色々経験がありそうだから頼った結果よさそうなところを教えてもらった……という感じ……だと思う」

「なんで自分のことなのに自信なさげなの」

笑いながらリヨンが言う。

自分でもおかしな話だとは思うんだがニュアンスは伝わっただろう。

「でも親戚かー。私は歳《とし》の近い相手いなかったからいいなあ……。どんな人なの？」

「どんな……」

説明が難しい問題が続く。

端的に寧々の紹介文を頭に思い浮かべても、良《い》い方向に伝わる気がしないのだ。

月に一、二回、男に振られる度にうちに来る妹のような存在……ダメすぎる。どこをとってもダメだろう。

妹という特にネガティブでない単語ですらどこかいかがわしく聞こえるほどだ。

「なんか複雑な感じ……？」

「いや、そういうわけじゃないんだけど……ああそうだ！　リヨンと服の系統は同じだから好みも同じかもしれない」

「え？」

「ん？」

「あ！　女の子だったのか！」

そこからか。

確かに猫カフェはともかくイグアナがいるお店という情報しかないならどちらかわからないのも無理はないか。

「ふーん。アキくん、そんな仲いい女の子がいるんだ」

「まあ……でも妹みたいな感じだから」

「……それ、身体《からだ》目的の男の常套句《じょうとうく》だって知ってる？」

しまった。

そういえば寧々もそんなことを言っていたんだった。

「ふふ。まぁアキくんはそういうタイプじゃないのわかるんだけど……でもほんとに仲いいんだね、わざわざ相談するくらいってことは」

幸いリヨンはそれ以上気にする様子もなく軽い調子で話を進めてくれた。

乗っからせてもらおう。

「たまにうちに来るんだけど、昨日来てたから」

「なるほどねー。というか私と同じ系統の服……？」

リヨンが視線を下げて自分の恰好を確認して……。

「これ？」

「もうちょっとピンクが多い」

「……だいたいわかった。待って。ほんとにアキくん、妹って言い切れる距離感なんだよね？」

怪訝《けげん》そうな顔をされる。

言わんとすることはわかる。実際に前回、そ、う、い、う、こ、と、になりかけたのだから説得力もある。

ただ……。

「俺は対象になってないらしいから。もうちょっとイケメンだったらとか言ってた」

「えー、アキくん優しいオーラがあっていいのに！」

それは褒めてるんだろうか……？

「まあそういうわけだから、特に俺は何もないんだけど……」

「好みはそれぞれだもんね。あと親戚だとやりにくいかー」

その要素は大いにあるだろう。

気まずくなったあとのリスクが大きすぎる……。

「でも仲はいいわけか。あ、ちょうど着いた」

「ほんとだ」

駅からの道のりはやっぱりあっという間だ。

調べたところ混むこともあるようだったので一応予約もしてある。時間もちょうどいいだろう。

「入ろう」

「ワクワクするねー」

ビルのエレベーターに入って上を目指す。

雑居ビルの狭いエレベーターだが、二人なら狭さは感じない……ものの、少し距離が近くなる感じもあって緊張する。

「……アキくん、ここまで手つないでたのに今さらなんでちょっと距離とるの？」

「これは……」

「この反応だとほんとに親戚の子と何もないんだろうなぁって思っちゃうね」

リヨンが笑う。

「いや、リヨンが相手だからだと思うけど……」

俺の言葉にリヨンが一瞬目を丸くして、返す言葉を探していたが……。

「あ……」

ちょうどエレベーターが目的の階に到着する。

「行こっか……」

「ああ……」

ちょっとぎこちない感じになりながら、受付に向かう。

受付では注意事項と説明を聞いて、まずは猫カフェエリアに入ることになったのだった。

◇

「可愛いー！」

入った途端リヨンが猫に夢中になってくれたおかげで一気に気まずい雰囲気は払拭《ふっしょく》された……んだが……。

「あれ？」

猫と触れ合うためのカフェ……なのだが、リヨンが近づいていくと猫が逃げる。

「おーい。……あれー？」

そんなに広くない空間だ。そこに十匹くらいの猫が出勤してくれているんだが……。

「あ、この子なら……ってちょっと待って⁉」

一向に相手にされる気配がない。

猫じゃらしも持って、なんなら受付で追加料金を払っておやつまでもらったというのに、だ。

「アキくん！　この子たち人間嫌いなのか……な？　あれ？　アキくんの周りにいっぱい⁉」

「あはは……」

そう。

リヨンが近づいて逃げ出した猫たちは、ぐるっと施設を一周して俺の周りで落ち着いていた。

俺が座っているソファの手すりやら上やら足元に集まってくつろいでいる。

手を伸ばしても……。

「おお、可愛《かわい》い」

「ずるい！」

逃げないどころか少しすり寄ってきたのでそのまま撫《な》でてやる。

「おお……」

近くにいた猫もねだるように近づいてきて、身体にすり寄って来ていた。

「待って。なんでアキくんだけ⁉」

ショックを受けて固まるリヨンだが、近づいたら猫が逃げると思っているんだろう。羨ましそうにしながらもその場から動けず固まっていた。

そうこうしているうちに猫のほうは俺の膝の上で腹を見せて、撫でろとねだってくるようになっていた。

「どうして⁈　アキくんのなでなでがそんなにいいってこと⁈」

「たまたま機嫌がいいだけだと思うけど……ほら」

俺が呼びかけても一瞬ためらったリヨンだが、ついに我慢しきれず近づいてくる。

五匹ほどいた猫のうち半分はすぐ立ち上がって離れていったが、二匹は近くに残ってくれた。

俺の膝でくつろぐ猫も、若干警戒しながらもリヨンが手を伸ばしても拒否しない程度にはなっている。

「触れるか？」

「うん……わぁー！　可愛い！　この子におやつ全部あげる！」

わかりやすくテンションが上がっていた。

俺の膝にいる猫を可愛がっているわけだからかなりリヨンも近くにくるというか……なんなら猫に夢中すぎて俺の股間にそのまま顔を近づけてきているくらいだ。

本人が意識してるわけじゃないだろうけど……なんか髪の毛、いい匂いがする……。

ただ本人は本当に夢中のようで……。

「わー！　この子！　撫でまわしても全然怒らなくなったー！」

俺の膝の猫を撫でまわすリヨン。

ちょこちょこ俺にも手があたるし、当たる場所があまりよろしくないんだが……藪蛇《やぶへび》になるから耐えるしかない。

隣に残った猫を撫でて精神を落ち着ける。

「よかったな。触れる子がいて」

「うん！　おやつ無駄になっちゃうところだったからねー」

カップに入ったおやつをスプーンにのせて猫にあげるリヨン。

猫をめでる美少女、という絵になる構図だった。

「それにしても」

「ん？」

おやつがなくなって、ようやく顔を上げたリヨンがこちらを見る。

膝にいた猫が逃げていくが、おやつがなくなったからかもうリヨンも笑顔で見送っていた。

そして……。

「私、結構際《きわ》どい場所触ってた？」

「……」

どうしてわざわざ言ってくるんだ……。

「うわぁああ。違うんだよアキくん⁈　私別にそういう女ってわけじゃなくて……その……本当はもっとこう……」

「わかった！　落ち着けって！　猫も人も驚いてるから」

テンパったせいで周りの注目を集めるリヨン。

当然近くにいた猫は全員どっかに消えていた。

「うぅ……でもアキくん、誤解しないでね？」

「猫に夢中だったなら仕方ないから……次のエリア行こう」

「うん」

若干居たたまれなくなったのと、そもそも猫のおやつもなくなっていたのでそそくさと次のエリアに向かったのだった。

◇

「わぁ！　すごいすごい！」

「おお……」

次のエリアはちょっと、非日常な光景が広がっていた。

イグアナが放し飼いにされているし、ガラス越しに大きなトカゲがくつろいでいるのが見れたり、周囲にも可愛らしい生き物がケージに入れられていたり……。

「見てアキくん！　フクロウ！」

「これも放し飼いみたいな感じなのか」

一応パーチと呼ばれる足場と紐《ひも》で繋《つな》がってはいるが、特にケージやガラスといった仕切りもなく触れ合えるようになっていた。

触ってもいいとのことだったので撫でさせてもらったんだが……。

「え……こんな指入るんだ……」

「ほんとだ！　ふわっふわ！」

見た目より細いというか、頭を撫でようと指を当てたら指が沈み込んでいくのだ。

これはちょっと、驚いたし、触り心地もふわふわで気持ちいい。

「お……やっぱりアキくんのなでなでは人気なのかな」

見て見るとフクロウも目を細めながら手の方に頭を押し付けて来ていた。

よく慣れていてかわいい子だ。

「他にも結構色々いるんだよな」

「うん！　ハリネズミとかも可愛いー」

ハリネズミは上からあまり逃げないらしく、木の枠で囲まれた空間にいて上から覗《のぞ》けるようになっている。

触るのは個体によっては嫌がるようで、たまに針を逆立てて体当たりしてくるらしいので革手袋が用意されていた。

「ハリネズミっておっとりしたイメージだったけど攻撃もするのか」

「攻撃というより、防御の延長……みたいだけど」

怪我《けが》をしたらゲームに支障が出る、といういかにもな理由で革手袋を装備して撫でる。

幸い撫でた子はそんなに嫌がる素振りもなく、革手袋にフンフン鼻を押し付けて匂いを嗅ぎに来たり、友好的だった。

「アキくん、あっちはいいの？」

リヨンが言う。

指さす先にいるのは大きなトカゲの入った部屋。

窓が付いていて中が見られるようになっていて、パッと見ただけでも数匹、大きなトカゲが見えている。

「リヨンはああいうの大丈夫なのか?」

「え? いいと思う」

ならよかった。

なんとなく爬虫類《はちゅうるい》まで行くと抵抗がある人が多い気がしていたから遠慮していたが、一メートルを超えるようなトカゲだ。ワクワクせざるを得ない。

ガラスに近寄っていくと……。

「おお……」

近づくと思ったより大きい。

これもう、恐竜とかそういう世界なんじゃないかと思ってしまう。

多分尻尾の先まで入れたらリヨンとそう変わらないサイズ感だ。

「すごい……」

「ふふ。好きなんだ? アキくん」

「これはテンション上がる」

そんなに動きはないが、優雅にくつろいでいるだけで迫力がある。

かと思えば木をゆったり登りにいったり、地面をのっしのっしと歩いている様子を見せてくれたりと、いつまでも見ていられるようだった。

「なんかわかる。でもアキくんの動きが気になっちゃう」

「動いてたか？　俺」

「うん。トカゲの動きに合わせて首が動くし表情も変わって可愛いかも」

「可愛い……」

「ああごめん、悪い意味じゃなくね」

引っかかったのはそこじゃないんだが……幸いリヨンに気づかれなかったならよかった。

このまま誤魔化そう。

「そんなに動いてたか？」

「え？　うん。なんかひょこひょこしてた」

「やっぱり馬鹿にしてないか？」

「違うってばー！」

そんなやり取りをしながら、その後も珍しい生き物との触れ合いをお互い楽しんだのだった。

◇【理世《りよ》視点】

一人で歩きながらそんな言葉が漏れるくらいには、満足度が高いものになった様子だった。

「ただ……」

帰り道。

「楽しかったぁ」

気になることもある。

特に理世が心配になったのは……。

「親戚の子……本当に大丈夫？」

今日のデートがうまくいったのは間違いなくその親戚の子のおかげ。

それは感謝している理世だが……。

「私と同じタイプの服って……」

この見た目を見た目だけでやってる人は少ないと理世は考える。

自分のことは完全に棚に上げているのだが、おおよそ考えとしては当たっていた。

幸いなのが彰人《あきと》の寧々《ねね》に対する恋愛感情が一切ないことと、逆もしかりであることだ。少なくとも今は。

とはいえそんな事情はわからない理世にとっては、やはりどうしても気になる問題だった。

「いやいやそもそも別に私に何か言える筋合いはないんだけど……」

友達以上にはなりつつある自覚がある。

一回目にその一線を越えようとしたという実績は、その気持ちを増幅させていた。だからこそ、そのつもりが確定していない理世の中にも、多少の独占欲のようなものが芽生えているのだ。

「私は私でちゃんとそういう関係になるのはまずい気もするし、別に縛り付けたいとかはないんだけど……」

でも……と続ける。

「一番ではいたいなぁ」

アイドルの性《さが》か、本人の気質か。

理世の自己分析によれば、他にそういう相手がいても自分は気にはならないだろうと判断している。

とにかく一番が自分であれば、仮に他の相手と寝ていてもうるさく言わない。

逆に言えば今この瞬間、自分が彰人の中でどの立ち位置かわからないこの状況こそもやもやが募るのだ。

「今日も妙に距離があったような……」

今回のデートでは手をつなぐ以上のスキンシップは発生しなかった。

一回目が近すぎたという話もあるが、理世が距離を空けられたと考えるのも無理はないくらいの距離感はあった。

実際のところ、彰人の性格を考えるならば進展に当たるのだが、当事者である理世が気づくことはない。

「やっぱ引かれて……いやでもデートに誘ってくれたのは事実だし……」

ぶつぶつとぼやきながら帰り道を歩く。

幸いというべきか、理世の住むマンションまでの道のりは人通りも少なくこの時間はこんな独り言も咎《とが》められることはないのだが、それをいいことに理世はどんどんヒートアップしていった。

「それにしても、ちょっとうらやましかったかも……」

動物たちを見ていると撫《な》でられたい気持ちが湧き起こったものの、そこまでは要求することなく一日を終えた理世。

「うぅ……もうちょいさりげなくタイミング摑《つか》めばやってくれたんじゃないの⁉」

理世が嘆く。

彰人なら頼めばやってくれただろうという理世の予想は概《おおむ》ね外れていない。

彰人ならそんなに気にしないだろう。

そしてそれを薄々勘づいている理世は別の結論にたどり着く。

「あれ？　ていうかそのくらいならその親戚の子にもやってるんじゃ……」

一周回って再び心配。

「いやいやでも、撫でるくらいでどうこういうことも……」

と、同時に自分に言い聞かせるように言い訳を並べていく。

「今日の態度から見て、アキくんはまだそういう経験はないはず」

とはいえ……だ。

「いますぐ何か怪しい関係になっていなくても、いつそうなってもおかしくない……というか、私のことは断ったけどもっと押しが強い子になら流されてもおかしくない！」

この部分についても理世の予想は概ね外れてはいないだろう。

彰人は土壇場《どたんば》でも断る気持ちはあるが、物理的に迫られた時に無理に押し退《の》けるほど非情にもなれない。

そもそもなし崩し的にホテルに入るところまでは行っているあたりが理世の心配を増幅させる。

私のことは断ったのに！　と理世が心の中で叫ぶ。

彰人は何もしていないのにどんどん理世の中で罪状が広がっていた。

「でも……」

頭に広がるあることないことを一度落ち着けるためにも、立ち止まって頭を整理する。

「まずはアキくんと普通に話せるようになったことが、良かった」

一人、胸に手を当てて考え込む。

親戚の子の存在は気がかりなものの、今日この日があったのはその存在が欠かせないことも理解している。

だからこそ、軽い嫉妬のような気持ちを抱きつつも、強く不満にも思えず、結果悶々《もんもん》と一人で過ごす日々が増えることになるのだが……ひとまず今日は、幸せな満足感に満たされたまま家路を歩いて行ったのだった。

◇【寧々視点】

「あははーうけるー」

今下《いました》寧々の声がカラオケの室内に響く。

「おいおいなんか全然心こもってないじゃん」

「そんなことないよー」

と言いつつも、今下寧々はどうもこのデートに集中できていないことを自覚していた。

相手は高身長の年上イケメン。

いつもと比べてもレベルは決して低くない相手だし、気遣いも出来て話も盛り上げてくれる。

普段ならきっとこの調子で盛り上がって、お付き合いに至るような、そんな相手だ。

「大丈夫？　ちょっと調子悪い？」

「んー……」

寧々は色々考え込むより基本、感覚に身を任せる。

その感覚に基づいて、男にこんな質問を投げかけた。

「先輩、最近どのくらい女の子と遊んでるの？」

「え？」

唐突だ。男も当然困惑する。

だが今はカラオケで二人きりという空気感もあり、男は質問をチャンスととらえて乗っかった。

「なになに？　気になるの？」

「まぁねー」

ストローを咥《くわ》えながら寧々が言う。

「可愛《かわい》いじゃん。でもそうだな……色々遊んでるけど寧々が一番かわいいよ。つーか寧々が誘ってくれるなんてテンション上がっちゃうし」

男も気を良くして、飲み物を持ちながら距離を詰める。

寧々としては求めている言動ではなかったのだが、拒否するほどではないのでそのまま続きを促した。

「何人？　どんな人がいるの？」

「えー、気になっちゃうかー」

寧々は相手がいるときに異性と会ったりはしないし、その辺は割としっかりしている。

結果、お互いキープの関係だったが、デートは久しぶりだ。

そんなタイミングでの寧々のこの問いかけは、男としては脈ありと感じるのに十分な駆け引きだった。

寧々の側にその意思があるかは置いておくとして。

「じゃあ全部正直に言っちゃうけど、今よく会うのは三人かな。水族館行ったりプラネタリウム見たりで皆健全だよ。俺誠実だからね」

「ふーん」

「嫉妬しちゃう？　寧々が言うなら、俺寧々だけにしちゃうけど？」

肩を組みながら男が寧々に迫るが、寧々の違和感は強まるばかりだった。

これまでならおそらく、デートに呼び出すような相手が独占欲を掻《か》き立ててきたら、どうあれ引き留めようとしただろう。

だが今の寧々には、男の挑発が響かない。

「ふふ。今はまだいっかな」

「えー」

さらっと肩を組んできた男を躱《かわ》して寧々が言う。

「それよりせっかくカラオケ来たんだし歌おー」

「なんか今日の寧々、いつもよりよくわかんねえなぁ」

自分でもその自覚のある寧々は何も言えず、誤魔化すように曲を入れる。

「歌わないとやってらんないよ！」

「よくわかんないけど付き合うか……」

男としても焦《あせ》って手を出すタイミングではもうなくなったようで、交互に歌を入れて普通にカラオケを楽しんでいくことになった。

「お兄、うまくやってんのかな」

相手が歌っている間はタンバリンを叩《たた》いて盛り上げていく都合上、寧々《ねね》の独り言は都合よくかき消されていく。

「昨日の感じだと、なんかうまくやってそうなんだよねー」

ストローに口を付けながら、寧々が独り言《ご》ちる。

うまくいってほしい気持ちと、そうなったときのもやもやが入り乱れたような気持ちにさいなまれていることに、寧々自身が気づいていない部分がある。

そしてそれ以上に……。

「でも、お兄が他人のモノになるって考えたら……ちょっとドキドキしちゃうかも」

初めて兄が男として認識されはじめた結果、寧々の複雑な感情は変な方向に成長しようとしていた。

舌舐《したな》めずりしながら放たれた寧々の言葉は、彰人《あきと》の耳に届くことはもちろんない。

ただ少なくともこの日、寧々にとって彰人は、ただの兄ではなくなったようだった。

親友の真の姿

「そういえば例のコラボカフェ、どうだった」

ゲーム内のボイチャ機能を通じて、リヨン以上によく聞く声が響く。

リヨンと同じくゲームを介して知り合った貴重な友人、焼き魚定食。

声しかわからないので何とも言えないが、アイコンのイメージも相まって気のいいぽっちゃり体型の男を想像させる、そんな感じの声だった。とにかく陽気で話しやすさはある男友達だ。

「コラボカフェは普通に楽しんできたよ。ただ一回で全部は無理だった」

「おお。あれ？　一人で行ったのか？」

「いや、さすがに一人じゃ行きづらくてリヨンに頼んだんだけ――」

「リヨンと⁉　女子と行ったのかー。やるなぁ」

「いや……」

カフェのあとが衝撃過ぎてこの程度だと驚かれる認識すらなかった。

いやまぁ、ちょっと反応がオーバーなのは否《いな》めないんだけど。

「なるほどなぁ。それで、リヨン氏とその後は……？　デートに行って何もなしってことはないだろ？　もう婚約は済ませたか⁈」

「そんなわけないだろ！」

暴走する焼き魚定食に突っ込む。

まあこれも平常運転といえばそうなんだけど……。

「まあそれはいいとしても、デートはどうだったたんだよ」

「いや……一応いい感じだった……と思う……」

まさかその先にまで進みかけたことは言えないが、でもまぁいい感じと言える程度には雰囲気は良かった……と思う。

二回目もこなしているし、次もどこかでと話しているところだしな。

「ふむふむ。アキ、いいか？　よく聞けよ」

「なんだよ」

「アキ。人生にはモテ期があるって言うだろ。この機会を不意にしたら次がいつになるかわからないぞ？　リヨン氏は俺も顔は知らないけどめちゃくちゃ良い子だ！　このままGO一択だ！」

ガンガン来るなぁ。

というかそもそも焼き魚定食にそんなに経験があるようなイメージがないんだけど……。

「それは相手次第だろうし、まあまずは友達としてでいいというか……」

「本当に？」

「え？」

「本当にそう思ってるのか⁉　考えてみろ！　もしリヨン氏が他の男に落とされたらと
……！　ああダメだ。俺、自分のことじゃなくてもＮＴＲは地雷だった！」

「自分が言い出したんだろ⁉」

相変わらず忙しいやつだった。

俺の思考が追いつく前にどんどん勝手に進んでいく。

「それにしてもまさかあのアキが女子と結ばれそうとはなぁ」

「色々ツッコミたいけど……そもそも俺、そんな女っ気なさそうか？」

「ああ。それはもう」

即答だった。

「なんでだ……」

「んー……溢《あふ》れ出る童貞オーラがあるよな。良《い》い意味で」

「なんでも良い意味ってつければ解決すると思うなよ」

画面越しに焼き魚定食のアイコンを睨《にら》みつける。

「いやいや！　本当に良い意味で、なんというか、女子に迫られようと貫き通しそうな鋼の意思をひしひしと感じる」

鋭い……。

変に反応しないでおこう。

「ああーどうせならアキ！　俺ともオフで会わないか？」

「え……」

「リヨン氏と会ったっていうんならアキはオフのつながりも抵抗ないんだろ？　どうだ？」

「そっちも抵抗ないのか」

「普段は会わないけどな。アキなら良い」

「なんでだ……まあいいんだけど」

「じゃあ日にち決めるか！」

勢いに押されるままに会う日を決めていくことになる。

もちろん嫌ではないし、むしろどんな相手か、会ってみたい気持ちが強い。

そのまま直近の予定を押さえて、俺は人生二度目のオフ会ということになったのだった。

「にしても……焼き魚定食……リアルでなんて呼べばいいんだろうな……」

そんなとりとめもないことを考えながら、約束の日を待つことになった。

◇

「全然見当たらないな……」

リヨンの時とは違い、そこまで人が多くない駅だ。

待ち合わせをしているであろう人間はちらほら見えるが、焼き魚定食氏らしい人影は見当たらない。

と思っていたんだが……。

「お、こっちこっちー」

「え……？」

近くにいた男性に声を掛けられてそちらを見る。

明らかに目が合っていた。

人違いかと思って周囲を見るが、対象はどうやら俺しかいない。

「えっと……」

近づいてきたその男に対応すると……。

「あ、そうか。アキ、俺だよ！　焼き魚定食」

「は……？」

声と顔が合わなすぎる。

いや違うな。アイコンが焼き魚定食と、それを頬張るぽっちゃり男の絵だったせいでイメージが固まっていたんだ。

そこからの金髪のイケメンという違和感。

細身ながら筋肉質で身長も高いのだが、威圧感を感じさせない爽やかさがある。ちょっと外国人っぽい顔な気もするけど、確か話していた限り純日本人と言っていたはずだ。よくよく聞けば別にぽっちゃりした声というより、単純に身長分身体が大きい影響もありそうだった。

鼻が高かったり、色白だったり、雰囲気だったりに、俺とは違うオーラが溢れている。

「驚くのも無理ないよな。でも本物だから」

「ええ……焼き魚定食氏のイメージが……」

リヨンにも驚かされたが、同じレベルだ。

二人が並んだら前回の俺のように周囲から変な注目を浴びることはないだろう。注目は集めるんだろうけどな、別の意味で。

「なんでわざわざあのアイコンにしてるんだ……」

「逆に言うけど、この実写アイコンだったらどうした？」

「あー」

そもそも実写の時点でちょっと敬遠対象だからな。

とはいえ仮にこのイケメン風のイラストアイコンだったとしても、なんかしっくりこなかっただろう……。

「わかったか？　ま、ぼーっとしてないでどっか行こうぜ。流石《さすが》に男二人でカフェもなってのも同意だし、今日はちょっと身体《からだ》動かさないか？」

「焼き魚定食氏のイメージと違いすぎてもはやどこにでも連れて行ってくれって気分だ……」

「よーし。ちょっと駅から歩くけどボウリング行くぞ。あと、さすがにリアルで焼き魚定食は長すぎるだろ。大吾《だいご》だ」

「大吾……」

まあそうか。焼き魚定食氏と呼ぶわけにもいかないし呼びやすい名前を教えてもらえたのはよかった。

「アキは本名なのか？」

「いや、本名は彰人《あきと》。どっちでもいいぞ」

「まあそれくらいならアキでいいだろ。俺も違和感が出るし、このくらいの差だととっさにゲームやってても本名が出ちまう気がする」

「あー……」

それは確かに。

まあそういうわけで、ひとまず歩いてボウリング場を目指すことになる。

歩きながら大吾に質問をする。

「この駅、地元なんだっけ？」

「ああ。今はもう都心に引っ越しちゃったけど、実家はこっちなんだよな。何でもあって便利な駅だろ？」

「それはよく知ってる」

大都会の駅ではないが、駅周辺にないものを挙げた方が早い程度には何でもあるのだ。むしろ土地がある分、広い商業施設やモールなんかもある分都内より買い物は便利なときすらある。

遊ぶにも買い物するにもちょこちょこ使う便利な駅だった。

「にしても、いてもたってもいられなくなって来ちゃったけど、よく会おうと思ったなぁ。あんま抵抗ないタイプか」

焼き魚定食改め大吾が言う。

「抵抗ってほどじゃないにせよ、そもそも会う可能性があるような相手が限られてるからな。まあ中身がまともそうなのはわかってたし」

「お、そうか……なんか照れるな」

顔がいいせいでどんな表情も様になるのがずるい。というか当初のイメージと違いすぎてもうどうしたらいいかわからないくらいだ。

なんだかんだそんなやり取りをしながら、駅前の通りを外れて少し先に進み、目的のボウリング場にやってきた。

「とりあえず三ゲームパックでいいか」

「ああ」

慣れた様子で大吾が用紙に記入して受付を済ませに行く。

「よく来るのか？」

「いや、たまーにだよ。アキは先に靴借りてていいから」

絶対に通い慣れてる様子だ……。

ボウリングはまぁ罰ゲームでも付けなきゃ基本、自分との闘いになりがちだしそれはそれでいいんだけど。

◇

「よーし！」

「おい！　流石に加減しろ!?」

イケメンは期待通りのパフォーマンスを発揮していた。

三ゲームを終えてほぼダブルスコアだ。

俺が悪いと言うより大吾がうますぎる。

「スコア二百なんか初めて見たわ……」

「いやー俺もなかなか出せないこんなの」

ほんとにどうかしてる……。

「で、どうする？」

大吾が笑顔で尋ねてくる。

最初に申し込んだゲーム数は終わったわけだから、これは延長の確認なわけだけど……。

「俺そろそろ腕が上がらなくなる気がしてるんだけど」

「俺も久々だったからそうだなぁ……でも、負けっぱなしは嫌だろ？」

悪い笑みでこちらを見てくる。

とはいえ……。

「流石にここまで差があるとそんな意欲も起きないんだけど……なんか考えがあるわけか」

「お互い利《き》き腕は疲れただろ？　逆の腕でやって勝負して、負けたら一つ質問に答えるってどうだ？」

「質問……？」

「デートの件、詳しく聞きてえんだよ」

「俺にメリットがあるのか？」

「もう気付いたと思うけど、俺は結構モテる」

「殴って良いか？」

腹立つな、このイケメン。

「待て待て。見たところアキは、俺の秘伝のテクニックが役に立つはずなんだよ」

「テクニック……？」

どの分野かによっては確かに……いや違う。むしろ今のこの複雑な状況に下手なテクニックは要らないと思っていたんだが……。

「モテ期ってのは厄介でな。必要ない縁も手繰り寄せちまう。その断り方、知ってた方が良くないか？」

そうきたか。

別にリヨン以外にそういう相手がいるわけではないし、現状実感はない。

だが、なぜか大吾の目を見て直感的に知りたくなってしまった。イケメンは目力に説得力が生まれる……。

それにまぁ、どの道この後飯にでも行けば知られることだろう、リヨンとのことは。

そういう意味ではそもそも、デメリットがない勝負なのだ。

「いいよ」

「よーし。ちなみに俺、実は両利きなんだよ」

「おい！」

結局延長戦となった四ゲーム目もきっちりボコボコにされてから、ファミレスに向かうことになったのだった。

そういえば見た目のせいで記憶から消えていたが、焼き魚定食はこの手のだまし討ち大好きなプレイスタイルだった。
気付いたときにはもう、後の祭りだった。

おうちデート

「いてぇ……」

腕が上げづらい。

原因は間違いなく焼き魚定食――大吾とのボウリングだ。

右腕も三ゲームの連投でダメージを負い、普段ろくに使っていない左腕は一発で筋肉痛になったようだった。

「もうちょい運動しておくべきだったか……」

結局あの後はファミレスでとりとめもない話をし続けて程よい時間で解散ということになった。

もちろんリヨンとのことは根掘り葉掘り聞かれたが、言える範囲では素直に伝えた結果……。

「家に呼ぶ……か」

大吾からの提案。

家に呼ぶ、と言うと大層な感じだが、リヨンとのこれまでの距離感を伝えたところ、そもそも気合いを入れてどこかに連れていくより、気軽に遊べた方がいいだろうということだった。

気の合う男友達と遊ぶ感覚でいればその方が居心地がいいだろうという話だ。

「言ってることはもっともだと思ったが……」

いざ誘うとなるとかなりハードルが高い。

いやまぁ、下心を疑われることについては初回に向こうがハードルを越えてきているので気にしないでいいかもしれないんだけど……逆に呼んでおいてそのつもりがないというのが通用するものか……。

大吾《だいご》に相談してもこのあたりのニュアンスは正確に伝わっていないので意味がない。

普通に相談したら多分、気にしすぎだと言われるだろう。

――ピコン

『アキ。ちゃんとリヨン氏に連絡したか⁉　こういうのはスピード勝負だからな！』

通知音に反応すると大吾から連絡が来ていた。

よく気が付くというかなんというか……。

『これからする』
『ファイト！』
よくわからないスタンプがたくさん送られてくる。
こっちはいったん放置して、ちゃんと誘うか。
「……」
振り出しに戻る。
いや、もう勢いで誘おう。
『今度良かったらうち来ないか？』
シンプルにこれだけ送っておいた。
「お……」
すぐに既読。
そして……。
『いいの⁉　行く！』
即答だった。
『ゲームやるなら家でもいいかなと思って』
『そうだねー。次の土曜日なら行けるけどどうかな？』

『大丈夫』

『やった。じゃあその日に！』

なんとかなったか……。

なんかそわそわするな……。

「こういう時は……」

ゲームでもやりながら、うちに来た時のことを考えておくとしよう。

◇【理世《りよ》視点】

「うぇ⁉　これほんとに……？」

アキからの突然の誘いに前田《まえだ》理世は困惑していた。

「これってそういう……いやでもアキくんだし……いやでも家デートってことでしょ⁉」

一線を越える意思なのか、それともただ家で遊びたいという男友達的な要素なのか……。

おそらく後者ではある。

ただいずれにしても、困惑以上の喜びもある事実を、本人も自覚していた。

「と、とにかくすぐ返事しなくちゃ！」

ほぼ即答で行くと答えて日程まで詰める。

そのうえで改めて、家に誘われた意味を考えるが……。

「どっちもあり得る」

関係を進めるための誘いか、それともただ文面通りか……。

冷静に確率を考えるなら、おそらく二対八くらい……と理世は予想する。

「いやでも、万が一、その二割の方を引いたら……」

クローゼットを開いて服を眺めながら考える。

家に行くなら自然と無防備になる瞬間を考えないといけない。

あまり胸元が開いていても胸チラが発生するし、スカートじゃ油断したら下着が見える。

どの角度から撮られてもいいようにコーディネートされる機会が多いからこそこの辺りは普段も意識して構築できるようになっていた。

「おうちデートで全く隙がないのもどうかと思うし……いやでも、アキくんがその気かどうかは隙がない方がわかりやすいし……」

色々考え込んで、ああでもないこうでもないと服を引っ張り出してはベッドの上に並べていく。

「どうしよーいっそ身体《からだ》目的ならエッチなので行くのにー」

ヤケになってそんなことを叫び始める。一人暮らしだ。多少叫んだところで誰にも聞かれはしない。

だからこそ独り言が増えているという悩みがあるのだが、それは今はいいだろう。

「次こっちから仕掛けたら流石《さすが》に引かれるじゃすまないし……うぅぅ……」

初手で攻め過ぎた反動。

そもそも今となって思えば……。

「私、なんであんなこと出来たわけ……」

今の理世に同じことをしろと言っても、間違いなく無理だろう。

一度断られたから、という心理的なハードルを度外視してもそうだ。

またホテルに誘うまでの流れを考えてみようとするが……。

「無理無理無理無理無理！」

誰もいないのに首をブンブン振って全力で否定する理世。

顔ももう、真っ赤になっていた。

「うー……」

おそらく人よりはませた幼少期を送っては来ている。

大人たちのやり取りを身近で感じてきたからこそ、自分ももう、いつまでも純潔を守っていられるとも、そもそも守る意味もないとも考えてきたわけだ。

別に悪い意味ではなく、年齢を考えた時に、人並みのお付き合いをしていけばそういうことに発展するのは仕方ないと思っていた。

そしてそれはどうせなら、自分で選びたくて……。

「ああ、だからアキくんだったのかな」

自分のことながらよくわからない部分がある。

仕事《アイドル》は頑張ってきたと思うし、今だってそうだ。

この感情も裏切りと言われればそれまでだろう。

でも……。

「罪悪感がないくらいの相手で……それでも初めて、自分が選んだ相手だったんだ……」

仕事の付き合いでもない。

向こうからやって来てくれるファンでもない。

全く別の世界で知り合って、自分が会うことを選んだ異性。

別にあの時点なら、身体だけの関係なら何の裏切りにもならないくらいの、そのくらいの相手だと思っていたのだ。

「今のこれはちょっと……まあでもまだ何かしてるわけじゃなくただの男友達だし……」

服装の変化のおかげか理世自身の中で明確に線引きがある。

アイドルである前野《まえの》理世ではなく、ゲーム仲間であるリヨンとしての付き合い。

そのうえで、自身の忙しさを思えば、チャンスもそう多くないと思っていた。

だからこそ、そういう目的で会っていなかった彰人《あきと》に対して多少なりとも執着心が芽生えているのだ。

もちろん、気の合うゲーム仲間と遊んでいたいという気持ちがメインではあるが。

「最近割と時間があるんだけど……いつ忙しくなるかはわからないし……」

覚えがいいおかげで曲もダンスもすぐに身に着ける理世は、準備期間の猶予が比較的長くなる傾向にある。

さらに元々学生アイドルということもありグループとしてもスケジュールはゆとりを持って管理されているのだ。

それでも人気を保てるだけの実力を持っているとも言えた。

「それはそれ、これはこれ……というか別に、今の段階で悩むことじゃないじゃん」

色々考え込んだ結果、シンプルな結論に行きつく。

「今の関係《友達》に合わせよ」

きっとゲームを一緒にやって、ちょっと何か食べて、その先があったらその時に考える。

「そもそも、選ぶほどの服がない！」

普段着……の定義は理世の場合曖昧だが、少なくともリヨンとしての服のレパートリーは多くない。

いや、正確に言えば結構な数なのだが、その差異がほとんどないことを理世がしっかり客観視しているわけだ。

「下着だけはちゃんと上下揃《そろ》えて行こう……」

念のため、念のため……と唱えながら準備を進める理世。

結論は出た。

だが結局この後も理世は、どれを選んでも大差がないと自覚する服の微妙な差異を気にして、衣装選びは深夜にまで及んだのだった。

◇

「部屋の掃除は……こんなもんでいいのか？」

よくよく考えてみると一人暮らしになってから人を呼ぶことすらなかったからな。

この歳《とし》で一人暮らしは珍しい。

学園に入ってから親の転勤が決まり、母親ごと引っ越しをした結果俺だけこの地に残されたというわけだ。

元々賃貸のマンションだったが、一人だと持て余すので両親の引っ越しのタイミングで学園の近くのアパートに引っ越してきた。

意外にも学園の友達のたまり場になるようなこともなく、平和に過ごしてきたのだが……。

「こんなことなら人を呼ぶ経験くらいしておいても良かったかもしれない……」

勝手に来る寧々《ねね》は例外だ。

実家暮らしのときは意識したこともなかったが、普通に暮らしているとお茶菓子はおろかお茶すら切らしてることも多い。

浄水器が付いているから別に水を買ってくる必要もないし、お茶だってたまに沸かして冷蔵庫に入れておけば事足りるが……。

「流石にリヨンに出すなら何か買ってきておかないとだったな……」

考えても後の祭り。

今から買い物に行くと入れ違いになる可能性もあるし……。

「一緒に買い物に行ってもらうか」

大吾《だいご》曰《いわ》く、家に人を呼んでも気を使いすぎないほうがいいらしい。

家に二人きりならむしろ、相手にも洗い物を手伝ってもらうくらいが程よい距離感を生むと言う。

大吾との会話を思い出す。

◆

「いいか？　逆に考えろ。おもてなしされまくっても居心地悪いだろ？」

ドリンクバーでよくわからない混ぜ方をした飲み物に口を付けながら大吾が言う。

失敗したんだろう。ちょっと眉をひそめてコップを睨《にら》みつけていたが、百パーセント自分が悪い。

「適当でいいってことか？」

「程よくな」

飲み物のことを諦めて俺に向き直った大吾が言う。

「例えば一緒に買い物に出てもいいし、一緒に料理して片づけしてもいい。相手に自分の家くらい居心地がいいと感じさせるのが大事だ」

熱弁が続く。

「食器の場所を相手に把握させて、飲み物くらい自分でいれられるようになればいい。なんならアキがいない日に勝手に部屋にいても気を使わないくらいになればまたいつでも来るようになるだろ?」

勝手にレモンティーを置いていった寧々のことを思い出した。

あいつは確かに、そのくらい気を使わないからこそ何回も来ているんだろう。もっとも食器の場所を知っていても俺にやらせるんだが……それは今はいい。

とはいえリヨンの場合は……。

「それでいいのか……?」

「そのくらいの居心地の良さが大事だ。ただ最初だけは掃除をちゃんとしておくといい。なんだかんだ言っても知らないやつの家にいきなり行って衛生面が合わないと思ったら終わりだからな」

妹が潔癖気味だからいつも文句を言われていると笑っていた。

いや待て……。

「大吾は一人暮らしってわけじゃないのか」

だったら経験がないんだしこの話もどこまで信用して良いのかと思ったが……。

「まあな。でも、逆はあるぞ？」

さらっと爽やかな笑顔で言われた。

深く聞きたくないな……。

大吾はというと、失敗したドリンクを諦めて二人で頼んだポテトをつまみながら言う。

「むしろ、今回は逆の経験値の方が大事だろ？」

ニヤッと笑うイケメンの目力にはやはり、謎の説得力があった。

◇

「今さらどうにもならないし大吾を信じるか……」

言われた通り掃除だけはしっかりやった……つもりだ。

俺がどれだけ掃除していてもたまに母親が来たら「ここが汚い」「あそこが汚い」と大掃除をしていくから自信が徐々になくなってはいるが……。

「これが俺の限界……買い物は一緒にする」

そんなことを考えていると携帯が震えた。

「リヨン……？」

かけてきた相手を確認してすぐに電話に出る。

「もしもし？」

「あ、ごめんね？　ちょっと早く着いちゃいそうだから電話したんだけど……」

なるほど。

「こっちはもういつでもいいんだけど、ちょっと飲み物とかは買いに行こうと思ってた」

「あ、それなら一緒に行こ」

家の住所を伝えていたから直接来るはずだった。ただこれなら近くのスーパーかコンビニで集合し直そうかと思ったんだが……。

——ピンポーン

「あれ……？」

「あはは。来ちゃった」

そんなに厚くない扉だ。

電話越しからも扉の向こうからも、同じ声が聞こえてきた。

「ちょっと待って」

電話を切って玄関をあける。

「ごめんね。実はもう着いちゃってて」

いたずらっぽく笑うリヨン。

その表情が今日の服にもよく合っていた。

黒の服にはいつもよりフリルがふんだんにあしらわれていて、肩をあえて露出するようなスタイル。

髪の毛も黒いリボンでハーフツインにしており、メイクも相まって人形のような可愛《かわい》らしさを演出していた。

「ん？」

「いや、髪の毛可愛いなと思って」

「——っ⁉」

あ。

つい口に出た。

悪いことではないんだがなんか気まずいというか恥ずかしいと思っていたんだが……。

「うう……不意打ちはずるいというか、アキくん割とそういうとこあるよね」

「ええ……」

俺以上に恥ずかしがる相手がいたのでこっちは無事だったんだが変な口撃を受けることになった。

どうしたらいいのかと戸惑う俺をよそに、すでに切り替えていたリヨンが言う。

「あ、そうだ。買い物行くんでしょ？　このまま一緒に出よ？」

「ああ、ごめん。ちゃんと準備できてなくて」

「ううん。一緒にお菓子とかも買っちゃおー！」

ノリノリで良かった。

と、何かを思い出したようにリヨンがごそごそ鞄《かばん》をいじったかと思うと……。

「あ、これお土産！　後で一緒に食べよ？」

「ああ、ありがと」

包みに入ったお菓子を受け取る。

男友達と普通に遊ぶだけでは起こらないイベントだなこれは……。なんかちょっと緊張してきた。

「荷物だけ置いてくか？」

「うん！　ありがとー」

そんなこんなでやりとりを済ませ、二人で近くのコンビニまで向かうことになったのだった。

◇

「っらしゃいませー……あ」

「あ」

コンビニに入った途端店員と目が合う。

小柄で、髪の色がコロコロ変わるしピアスが耳を含めいろんなところにちらほら見える。来るたびに会ういつもの店員さんだった。

「どーも」

気だるそうな態度は別に嫌なわけじゃない、というのがわかるくらいには何度も顔を合わせている相手だ。

軽く会釈《えしゃく》して買い物かごを取る。

「知り合いなの？」

「うん。よく使うせいで顔を覚えられたというか覚え合った」

「へぇ……今時そんな感じで店員と仲良くなることあるんだ」

俺もそう思う……んだけど、なんとなく話しやすいオーラがあるというか……。

見た目はピアスやら髪のせいでいかついんだが、オーラは小動物のようなのだ。

「まあとりあえず飲み物とお菓子買って行こう」

「うんー！」

二人で目につくものを適当にかごに入れていく。

お茶やらジュースやら、チョコレートにポテトチップス……絶対今日中に全部消化されないであろう量だ。

まあまた使う機会を作ればいいだろう。

そんなこんなで色々入れてから……。

「あ、ごめんちょっとお金下ろさせて！」

「いや、これは俺が買うけど」

「んーん。一緒がいい！　だから待ってて」

なんかいちいち可愛い……。今回は口には出さなかったが、その姿勢も、口調も、仕草も、可愛らしい。

寧々《ねね》で慣れていなかったら危なかったくらいだ。

リヨンがどうかはともかく、見た目からしてそういうのを狙ってできるあざとさを持っ

宮川

ているオーラが寧々と一致している。

まあだからこれが、別に好意とイコールではないことを知れていたし、すぐに勘違いせずに済んでいるんだけど。

「お金下ろしてくるのはいいけど、会計は先にしとくよ」

「ごめんねー！　すぐやってくるから！」

そう言って一度別れ、店員のもとに向かう。

一人しかいないから例のダウナーな女の子だ。名札に宮川《みやかわ》と書いてあるのは前も気づいていたが、あえて自己紹介をし合っていない。そんな仲だ。

「あ、おにいさんどうも」

気だるそうな口調に反して手際《てぎわ》よく、几帳面《きちょうめん》に袋に品物を詰めていく。

袋はゴミ袋に使うので毎回買っているし、もはやこのあたりの確認はいちいちされなくなっていた。

そんな宮川さんから……。

「今日はいつもの子じゃないんすね」

「え……？」

突然すぎてびっくりした。

とはいえこれもまぁ、いつもこんな調子といえばそうなんだが……。

「ほらあの……結構可愛い感じの……いやでも服は一緒っすね。そういう趣味っすか？」

世間話にしてはグイグイくるから身構えたが、でもまぁなんとなく嫌な気分にならないというか、付き合ってしまう雰囲気がある。

「二人ともそういう関係ってわけじゃないから。片方は親戚だしな」

宮川さんが言ってるのは寧々のことだろう。

確かにここに来るとき一緒に来るケースは多かった。いや、寧々がそれだけうちに来ていたということか……。

「ふーん。いいっすね。じゃあ今日が本命っすか？」

「いや……そういうわけじゃないんだけど……」

「ふーん」

そんな会話をしているうちにあっという間にレジ打ちが終わる。

会計を済ませているうちにリヨンが追い付いてきた。

「ごめんねー。いくらだった？」

「ああ、これっす」

ちょうどよくレシートを差し出してくる宮川さんが言う。

「わ、ありがとうございますー。お家《うち》着いたらすぐ渡すね！」

「ああ。じゃあ、また」

「うぃー。またっすー」

相変わらず気だるそうな宮川さんと別れ、リヨンとともにアパートに戻ったのだった。

◇【理世《りよ》視点】

「ほんとに仲いいんだね、店員さん」

「いや、なんか俺以外にもあんな感じみたいだぞ……？　タバコ買いに来るおっちゃんにも親し気に話してたから」

「なるほど……」

家に着いてひと段落したところで、理世は部屋全体を眺める。

一人暮らしのアパートだ。そんなに広くはない。

座れる場所はあるが、それ専用のスペースを取ってはいないので、座るのはベッドかカーペットの上。

彰人《あきと》の勧めに応じてベッドに腰かけた理世だが、初めて来た男の家。落ち着くはずもなくそわそわしていた。

彰人はというと、要らないというのに母親が置いていったベッドカバーが役に立ったことに感謝しながら紅茶の準備をしている。

「で、今日はなんで突然呼んでくれたの？」

理世がベッドからキッチンへ向かって問いかける。

彰人も紅茶を淹《い》れながら答える。

「えっと……特に理由はないんだけど、ゲームするならこっちでもいいんじゃないかって」

大吾《だいご》に言われたからではあるんだが、それを答えにするのは違うくらいに彰人も自分の意思がある。

会いたかっただけという話もあるし、理世も理世で、呼ばれれば躊躇《ためら》いなくすぐに行きたいと回答するくらいに、二人とも理由がなくても会いたい関係性になっていた。

「ゲーム……ほんとにすごい数だね……」

二人が出会うきっかけになったFPSゲームはPCからだが、理世も彰人も、ゲームなら何でも一通り好きと言い合っている。

実際、彰人の家には生活を圧迫するくらいには様々なゲーム機が置かれており、レトロゲーから最新のものまでやりたいと言えば定番ゲームは大抵できる環境になっている。

学生の一人暮らしには多少贅沢《ぜいたく》な広さがあるが、それをある意味、有効活用していた。

「好きそうなのあったら教えてほしい。見てていいから」

「うん」

理世もゲーム機とソフトを物色しながら彰人を待つが……。

「えっ！ これ懐《なつ》かしー！」

「あー。懐かしいな」

「え、これ持ってたの!? ずっとやってたー」

「それは俺ら世代なら全員通ってると思ってた」

もう何年も前のゲームを掘り出しては、逐一台所にいる彰人と共有していく。

彰人もその都度キッチンから理世の方に顔を向けて対応していた。

「裏技が多すぎて通常プレイじゃ勝負にならないんだよな、それ」

「わかるー。あ、これがあるってことは、コントローラー壊れてない？」

「みんなガチャガチャやったからうちのコントローラーは全部もう五代目くらいだと思う」

「うそ、やば……。ほんとだ全部綺麗《きれい》だ」

そんな会話をしていくうちにどんどん無自覚に無防備になっていく理世。

彰人が紅茶をもって部屋に戻ってきたときには……。

「わー、こんなのまであるんだ！」

四《よ》つん這《ば》いでソフトに夢中になる理世と、それを後ろから眺めることになった彰人。

見なかったことにして彰人は机に紅茶を並べたんだが……。

「あっ」

理世の方が気づいてしまう。

いっそ気づかない方がお互い幸せだっただろうに、気まずい空気が流れた。

「あはは。ごめんね？　見えた？」

スカートは止めておこうと思った理世だが、そもそもリヨンとしてのスタンスで会う以上、選択肢がほとんどなかった。

結果、いつも通りそこそこ短いスカートは、四つん這いだと際《きわ》どいラインまでめくれ上がるんだが……。

「いや、ちゃんと目を逸《そ》らした」

「アキくん、そういうとこ誠実だよね。というか私、もう下着は全部見せちゃったのか」

茶化してその場をごまかそうとして出てきた言葉。

だというのに……。

「あれ……今さらめっちゃ恥ずい……あれ？」

顔が赤くなるのが自分でもわかるくらい熱くなっていく。

必死に手で隠そうとしてみたり、パタパタ顔を扇《あお》ぐがその動作ですらドツボにハマっていくきっかけにしかならない。

「うぅ……忘れてぇ……」

一人で焦《あせ》る理世だが、彰人のほうも別に対応に慣れているわけではない。

むしろこのシチュエーションで助けてほしいのは、彰人の方かもしれないくらいだ。

助けを求めて目をさまよわせる彰人。

理世も同じく何か話のきっかけを見つけようと部屋を見渡して……。

「あ……」

「ん？」

別に何の変哲もないポスター。

白い衣装に身を包んだ、清楚《せいそ》なアイドルが踊っている。

よく見れば下の方は一年分のカレンダーが付いていて、これだけなら彰人の趣味かもらっただけで実用性をとっただけなのか、いまいち判断がつかない代物。

とはいえこの時点で、これを見つけた理世にそこまで深く考える余裕はない。

「えっと……ステラ、好きなの？」

アイドル、前野《まえの》理世がセンターを務める人気グループ。

その名前がステラだ。

「ああ。結構聴く」

「へえー」

さっきとは別の意味で焦りだす理世だが、幸いさっきまでのバタバタのおかげで彰人が気づくことはない。

理世がまずいと思ったのは当然、ポスターに写る人物が、今ここに居る自分と同一人物だったからだ。

だが彰人にバレることもなく、というより、彰人はアイドルの姿を知っていながら、三回目になった今日に至っても気づいていないということが発覚した。

理世からすれば安心する一方で少し拍子抜け感もある。

変装に近いメイクや服装、髪形の変化は意図しているとはいえ……。

「リヨンも聴くのか？」

「え、えっと……そうかも？」

「まあ有名だもんな」

その程度で切り上げられる。

これはこれで理世にとっては本来都合がいいはずなんだが、妙な対抗意識のようなものが芽生えないでもない、複雑な状況だった。

そんなリヨンの葛藤に気づくことなく彰人がゲームを引っ張り出してくる。

「あ、これとかどうだ？　定番だと思うけど」

「お、いいね！」

理世の変な対抗意識は、こうして彰人の提案したゲームによってあっさりかき消された。

「結構前のシリーズもあるけど……どれならやってる？」

「もちろん、全部」

格闘ゲームに近い作りながら、体力制ではなく相手を場外に吹き飛ばせば勝ちというゲーム。

シリーズで人気を博し、最新ゲーム機にも対応。世界大会も開かれる人気ゲームだ。

「じゃあ最新作でいいか」

「ふふ。これなら負けないから」

「リヨンが強いのはわかってるけど、俺もこれはそこそこ自信がある」

「へえ」

一回目のときは集中できるような環境じゃなかった、という思いが彰人にはある。

もっともあのときはこのゲームは置いていなかったのだが、あらゆるゲームで負け越した記憶が蘇《よみがえ》っていた。

今回は言い訳出来ない状況だ。負けられない戦いと意気込むと同時に、隣にいる理世の下着姿が思い出されて思考を乱されているのだが……。

「どしたの？」

「いや、集中する」

「いいね」

理世に気取られることなく意識を戻す彰人。

結局その後、二人でゲームに夢中になりすぎて、食事も買い込んだおやつでごまかしながら日が暮れるまでやり続けることになったのだった。

◇

「ん……？」

深夜。

リヨンとゲームをやりすぎたねと反省しながら駅まで歩いて送って、一通り片づけやらなにやらをして眠りに就こうとベッドに入ってしばらく経《た》っただろう。

多分もう日付は変わっているだろうタイミングだ。

薄い扉の向こうから何か物音が聞こえるとは思っていたんだが……。

――ピンポーン

「え……？」

インターホンが鳴った。

「リヨンが忘れ物を取りに来た……にしては遅すぎるよな？」

携帯に連絡も入っていない。

あいにく一人暮らしのアパートだ。インターホンの向こうの様子をモニターで確認することもできないが……。

「怖いなこの時間は……」

——ピンポーン

だが無視するにも微妙だろう。気になって仕方ない。

足音を殺しながら、なんとか玄関扉の前にたどり着く。

ここまでくれば一応、扉に設置されたドアスコープから覗《のぞ》けるんだが……。

「あれ……宮川《みやかわ》さん？」

扉の前にいたのはよく知ってる顔だった。

いつもコンビニで世間話をする店員だ。

とはいえこんな時間に……？　と思いつつ、一応扉を開けると……。

「あ、よかったっす。居てくれて」

「えっと……」

「すみません。自分この時間までバイトだったんで」

遅くなった理由は理解できたがなんでわざわざここに来たのかわからない。

俺の表情で何かを察したのか……。

「ああ、これ、忘れたんじゃないかと思って持ってきたんすよ」

「これ……え？」

レジ袋に入れられてるのは……。

「――っ⁉」

「使う予定、なかったんすか？」

「待て待て⁉」

レジ袋から透けた先には数字が書いてあった。

小数点を挟んで〇一とか書かれている。

間違いなくアレだった。ゴム的なアレだ。

「何でこんなものを⁈」

「先輩、ちょっと近所迷惑かもっす」

自分のことを完全に棚に上げて宮川さんが言ってくる。

でもまぁ、時間を考えると外で叫べないか。

「えっと……一旦入るか？」

「いいんすか？　お邪魔します」

「あー……」

入れてよかったんだろうかという思いがよぎったが後の祭り。

仕方ないな……。

　こうしてコンビニ以外で見るのは初めてだが、服装はシンプルでジーンズにパーカー姿。コンビニの制服の時にはなかったチョーカーから鎖が伸びてるのが目立つくらいで、いつもの宮川さんだ。

　それなりに話したこともある相手だしおかしなことにはならないだろう……というより、すでにおかしなことにはなっているしこれ以上はないと思いたい。

「で、なんでわざわざこんなものを……」

　部屋に戻って、とりあえず宮川さんを座らせて言う。

　宮川さんはいつも通り無表情ながら、キョロキョロ辺りを見渡してこう言った。

「お楽しみになるならこのくらいかなと思って気を利《き》かせたつもりだったんすけど……もう帰ってたんすね」

「……」

　何からツッコめばいいかわからず言葉を失っていると宮川さんが唐突にこんなことを言い出す。

「沙羅《さら》っす」

「沙羅……名前か」

「それと、自分、先輩と同じ学園っす」

「え……？」

こんな目立つ子いたか⁉

「学園じゃピアスも外してるっす。ここまでは見られないっすけど」

口を開けてこちらに見せつけてくる宮川さん――あらため沙羅。

「え……」

「スプタンと舌ピ……エロくないっすか？」

ニッと笑う沙羅。

見せられた舌はヘビのように二股に分かれてそれぞれにピアスが付けられていた。

俺の趣味はともかく、沙羅が笑った顔は初めて見たからか、それがちょっと魅力的に見えたというのはあるが……。

「エロいかどうかはよくわかんないな……」

苦笑い気味にそう返した瞬間だった。

「え？」

「先輩」

気付いたらなぜかベッドに押し倒されて、両肩を押さえられた状態で馬乗りになられていた。

だめだ。終始ペースを握られっぱなしというか、色々ありすぎて全然展開についていけない。

「沙羅……？」

「いいっすね。名前呼び。ゾクゾクするっす」

舌なめずりをしながら沙羅が言う。

「先輩は覚えてないかもしれないっすけど、自分、先輩に助けられたことがあるんすよ」

助け……？

「駅に行くバスの中で、まだこんないかつくなってないときだったんで痴漢に狙われて……でも先輩、さりげなく間に入って遠ざけてくれましたよね？」

「そんなことあったっけ……」

そもそもこの話が今のこの状況とどう関係しているのかと、ベッドに転がされたまま沙羅を見上げて考える。

本当に急展開過ぎて頭が付いていかない。

「あったんすよ」

厳密にどのシーンかが思い出せないが、なんかそんなこともあったような気がする。

別に後輩を助けようとしたわけじゃなかったと思う。なんとなく混んでて憂鬱な気分だったところにおっさんがいて、よくないことをしていたから妨害したとか、その程度だと思うんだが……。

「あれ……結構怖かったっす。学生のうちは我慢しようと思ってたっすけど、ピアスも増やしてちょっと威圧するようになったの、あれからっす」

「……」

迂闊《うかつ》になにか言いづらいエピソードだった。

同情するにしてもツッコミを入れるにしても。

そんな感じで戸惑っていると、押し倒した体勢のまま、沙羅が俺の方に倒れ掛かってくる。

「――っ!?」

密着して色々当たってるというか、もう距離が近すぎて何も考えられない。

そんな俺に畳みかけてくるように沙羅が言う。

「先輩、別に二人とも付き合ってないんすよね？」

「え？」

「先輩の好みはおおよそ理解したっすけど……自分もだめっすか？」

「いや好みっていう話じゃないし、自分もって……」

「先輩の守備範囲、結構広いっすよね？　それに自分、別に二番目でも三番目でも、都合のいい女でいいんで」

「待て待て⁉」

なんとかのしかかられてた沙羅の肩を持って身体《からだ》を離す。

「なんか勘違いしてると思う！」

「そうっすか？　家に入れ替わり立ち替わり可愛《かわい》い女の子を連れ込んでたと思ってたんすけど」

そう言われるとそれは否定できないんだが、そうじゃない。

「二人とも健全な関係だし、昼に言った通り片方は親戚だから」

「それはわかったっすけど……でもあの親戚の子、いい身体してるじゃないっすか。家に二人でいたらムラムラしないんすか？」

いい身体……。

女子から聞く機会がなかった単語だ。

「ムラムラはしない……というか、そういう相手じゃないというか……」

「じゃあ、自分もだめっすか」

そう言うとあっさり俺の上から離れていく沙羅。

物分かりがいいのか悪いのか……と思っていたらまた爆弾発言を落とされた。

「勃《た》ってなかったっすもんね……舌ピ、エロくなかったっすか……」

妙な場所にショックを覚えている様子だがとりあえず一息吐けたから良かったとしよう。

まず冷静に話し合いたい。

「えっと……沙羅が俺のことを知ってる理由もわかったけど、ちょっと急過ぎなかったか？」

「そうっすね。もっと魅力をあげてから勝負するべきだったっす」

そうじゃないような……ただどこからツッコめばいいのか……。

「この辺は元々好きだったんすけど、やっぱちょっと引かれちゃうじゃないっすか。でも先輩、この姿になってからも普通に挨拶してくれたし、嫌な顔もしなかったのがうれしくて……」

シュンとする沙羅を見ていると罪悪感みたいなものが湧いてくる。

「いつもの子と一緒だったんでそういうのは諦めようと思ってたんすけど、今日別の子もいたし自分もいけるんじゃないかとか思っちゃったす……自分の思い上がりが恥ずかしいっす……」

頬を赤くして視線を逸《そ》らすんだが、問題はそこじゃないんだよな……。

「えっと……別に沙羅に魅力がないわけじゃないんだけど」

「じゃあヤってくれるっすか⁈」

「違う！　落ち着け！」

再び肩を摑《つか》まれて慌てて放させた。

油断も隙も無い。

「まずそもそも、俺はどっちともそういう関係じゃないし、沙羅ともそういうことをする関係ではまだないと思う」

「いつかはいいかもしれないってことっすか？」

「まあ、可能性としては……」

「律儀っすね。別に自分、身体だけでいいっすよ？」

胸元を見せつけるようにパーカーのファスナーを下ろしながら言ってくる。

一瞬目で追ってしまったが慌てて目を逸らした。

「……まあ、その反応ってことはまだ可能性はあるっぽいっすね」

スッとファスナーを上げながらそんなことを言われる。

色々悔しい……。

「とはいえ今日はこんな時間にいきなり来て迷惑かけて申し訳なかったっす。挽回《ばんかい》のチャンスが欲しいんすけど……今日の子、ほんとに本命じゃないんすか？」

真剣な表情でこちらを見つめてくる沙羅。

目を逸らせない不思議な圧があるというか、この質問はまっすぐ返さないといけないんだろう。

そのうえで俺の口から出た言葉は……。

「よくわからない」

我ながら情けない話だが、これが嘘偽《うそ》りのない答えだった。

ただその言葉を沙羅はあっさりと受け入れて……。

「なるほどっす」

それだけ言って見つめてくるのをやめた。

「まあでも、あの子と関係が進むのは悪いことじゃないって感じっすよね？　自分でよければ手伝うっす。可愛い子だったしSNSとかもすぐ特定できると思うし」

「待て待てなんか怖い」

「そうっすか？　でも裏垢《うらあか》とか知っといた方がいいじゃないっすか。好みもわかるし嫌なことはもっとわかるっす。地雷を避けてアプローチできるのは強いっすよ」

謎の説得力。

ただ……。

「そこまではいい」

「むぅ……じゃあ自分に出来るのはもう、夜の相手の実験台くらいっす。ハード目なプレイでどこまでやれるか試してもらって大丈夫っす。首絞めとか」

「それも違うだろ⁉」

本当に油断ならないな。

いやまぁ、言われている内容は役得というか……もったいないことをしているような気もするんだがそうじゃない。

そうじゃないと言い聞かせて……。

「たまに相談に乗ってもらえたらそれだけで助かるよ」

「夜のっすか？」

「そこから離れろ！　俺、そんなにこういう経験もないから女子目線は助かるというか……」

「経験がないのはよくわかるっす」

「失礼だな……」

最近こんなんばっかな気もする。

悲しいような……まあいい。

「とにかくもう遅いし、もう帰った方がいいだろ」

「そうっすね。デートの日の夜、別の女を泊めてたら最悪っす」

本当にそうだ。

「家、送るか?」

「そこまで迷惑かけられないっす。それに原チャっすから」

じゃあ追いつけないか。チャリしかないしな……。

「あ、じゃあ連絡先だけ交換してほしいっす。相談もこれがいいと思うんで」

「ああ」

そう言って携帯を出し合って、チャットツールの連絡先を交換し合う。

「じゃ、またっす」

本当にあっさりした様子で、沙羅《さら》は帰って行った。

嵐のようなやつだ。

「というかこれ……」

ベッドの上には結局、使う予定もないゴムが鎮座することになり、隠し場所に難儀することになったのだった。

妹の変化

「お兄～」

今日も今日とて家には寧々《ねね》が来ていた。

珍しく事前に連絡があったのでこうして出迎えられ、今は我が物顔でこたつ机を陣取って、淹《い》れてやったレモンティーを前にゴロゴロしている。

「にしてももう来たのか？　この前のデートの相手は？」

「んー。なんか合わなくて付き合わなかった」

「え……」

初めてのパターンだ。

寧々はこう見えて割としっかりしていて、デートに行く段階ではすでに品定めを終えている。

それに俺が記憶する限り、一週間も相手を切らしているのは初めてなんだが……。

「なんかあったのか？」

「いやー。でもちょっと、フリーも楽しんじゃおっかなって」

突っ伏していた身体を起こしながら寧々が言う。

常時フリーの俺にはよくわからないが、そういうのもあるのかもしれない。

いやでも寧々にしては珍しいし本当に何かあったのかと心配したんだが……。

「というかお兄こそどうだったの？　まあ寧々を家に上げてるってことは進んでないんだろうけど」

「ああ、それでわざわざ確認したのか」

本当に変なところは律儀《りちぎ》なやつだった。

「だって私が彼女だったら、私みたいな女に近くにいてほしくない」

死んだ目をしてそんなことを言い放つ寧々。

一人称からしてもうなんか、本気を感じる言葉だった。

「で、どうだったの？　進んでなくてもなんかはあったでしょー？　デートもしたんだし」

「それはまあ……ああそうだ。デート場所ありがとな。うまくいったよ」

「ふーん」

あれ……なんか微妙な反応だ。

「うまくいったのかぁ」

力なくそんなことを言いながらレモンティーに口を付ける寧々。

まだ熱かったのか目をつむりながら舌を出していた。

ああこれは……自分が微妙だったのに俺だけうまくいったことに対するやり場のない気持ちみたいなものだろうか。

はっきり八つ当たりみたいにならないところが寧々の憎み切れないところに繋《つな》がっているんだろうな。

「お店も良かった？　お兄は好きそうだったけど」

「ああ。リヨンも喜んでくれた」

「へぇ。リヨンっていうのかぁ……」

あ、名前言ってなかったか……つい出ちゃったけどそんなに気にすることなく受け入れられたようだ。

受け入れたうえでこんなことを言ってはくるが……。

「その名前ってネット用のでしょ？　まだ本名じゃないんだね」

「そういえば……」

一回目。

行為を断った理由にもなったというのに、今の今まで気にしたことがなかったな。

大吾《だいご》の場合は呼びにくさがあったから本名をあっさり伝え合ったが、リヨンには俺も本名を伝えていない。

一日家にいたから何かで見られていても不思議じゃないし困りもしないんだが、なんだかんだで結局本名は教え合うことなくここまで来ていた。

「呼びたくならないの？　名前」

「んー……」

考える。

考えるが……。

「別にリヨンでいい気もするし、知ってみたい気もする」

ただ別にこれはリヨンだから知りたいというより、今気になってしまったから知りたいだけだろう。

「そんなもんなのかぁ。なんかいいね」

再びこたつに突っ伏しながら寧々が笑う。

「いい……か？」

「うん。だって、名前より大事な基準があってそうなってるってことじゃん」

「それは……」

そういうことか。

「寧々は何かあったらすぐ名前で呼び合ったりそんな話になるけど、そういうのもいいなーって思っちゃう」

本当に妹のようにくつろぎながら笑う寧々。

いつもより大人しいからか、少し雰囲気が柔らかくて、逆に大人びて見える。

「どしたの？」

ニッと笑いかけてくる寧々に不思議な気持ちにさせられるが、まあそれでどうこうなることもないので話をするとしよう。

ちょっと寧々には聞きたいことがあったんだ。

「寧々は誰と付き合っても身体《からだ》を求められると拒んでるよな？」

「ん？　そだけど急にどしたの」

身体を起こしてこちらに身体を向けてくる寧々。

少し真面目な雰囲気を感じ取ってくれたらしい。

「逆に身体からの関係になったりとか、身体を許したくなるのって……ないのか？」

我ながら変な質問をしていると思うが、沙羅が部屋に来てからずっと考えていたのだ。

そして身近に相談できる相手として思い浮かんだのが寧々だった。

寧々も茶化したりせず、しばらく考え込んでからこう答えた。

「私はないかな。というか、まだ身体を許していいラインがわかってないかも」

「そうなのか？」

「あ、お兄なんか誤解してるけど、寧々はたくさん付き合うけどそういうことになったこと今まで一度もないからね？　まだ処女だよ？」

突然刺激的な言葉が出て来て固まっていると……。

「お兄のそういう反応は可愛《かわい》くていい……あ、そうか」

なぜか寧々は一人で納得して続ける。

「寧々、もしかして今までタイプだと思ってた相手、別にタイプじゃなかったかも」

「え？」

「お兄みたいなタイプとは付き合ったことなかったというか、なんだかんだ言っても顔で選んじゃうから可愛いって思う前に絶対かっこいいって思って付き合ってるんだよね」

俺にしゃべるというより自分に言い聞かせるように寧々が言う。

相槌《あいづち》レベルで俺も話にはついていくが……。

「可愛いって思ったらみたいな話はしてたけど、それだけじゃないのか」

「そうかも？　可愛いだけになったらともかく、なんだかんだでかっこいいがなくなっちゃうと駄目な相手としか付き合ってないし……エッチとかちょっと……怖い」

「怖い、か」

あまり寧々から出てこない弱気な発言を意外に思っていたんだが何か勘違いした様子で寧々がまくしたててくる。

「あ！　処女っぽくてうざいとか思ったでしょ！」

「思ってない⁉」

濡《ぬ》れ衣《ぎぬ》もいいところだった。

なんだ処女っぽくてうざいって……そんな感情すら初めて聞いたわ。

「うぅ……わかってるもん……。寧々だって男だったら、こんなしょっちゅう誰かと付き合ってるならワンチャンあるって思うの」

そういうところは感じてるのか……。

「でも……寧々は寧々がかっこいいと思った人としか付き合えないし、でもエッチなんかしたら、絶対かっこいいだけじゃなくなっちゃうのが、怖い」

「そういう怖い……か」

複雑な気持ちだなと思いつつ、一定の理解は追いついた気がする。

と思っていたのに……。

「うん。お兄は別にかっこいいと思ったことないからいけるかもしれない」

「は？」

追いついたと思ったらいきなり置き去りにされた。

どうしてそうなったんだ。

「それにさ、お兄」

「ん？」

「寧々、最近お兄のことといいなって思ってたんだよね」

目の色を変えて寧々が言う。

少しずつこちらに近づいて来ながら。

「他の人だとあんまり思わなかったけど、お兄だとなんか……ちょっと相手がいるのも含めていいよね」

「どういうことだ」

じりじりとなぜか部屋の隅に追い込まれながら、なんとかそう返す。

「なんだろ……相手がいるからこそ、ゾクゾクする？」

「怖い」

シンプルに怖い。

寧々《ねね》の目がちょっと、正気じゃないようにすら見えてくる。

「えーでも、自分の思い通りにならない相手こそ燃えない？」

「いや……」

俺にはわからない感覚だ。

そしてそれは寧々も同じだったらしいんだが……。

「寧々もよくわかんないけど、でもお兄がデートしてるの想像したらちょっと、そういう気持ちになってね。お兄のことそういう目で見たことなかったけど、これはこれでいいじゃんって」

ついにベッドに押し倒されてしまった。

逃げる方向を間違えたらしい。

いや、この狭い部屋だと必然的にそうなるということでもあるんだけど。

「待て待て落ち着け。そもそも処女ならもっと大事に――」

「お兄なら、大事にしてくれるでしょ？」

頬に手を当てられて、そんなことを言われる。

ちょっとぞくっとした感覚が背筋を走って、動けなくなる。

「それにさ。寧々知ってるんだよね。お兄がもう経験済みだって」

「え……？」

「だってほら……」

そう言って寧々が何かを取り出す。

「それは……」

「こういうのがあるってことは、いいってことじゃないの？」

沙羅《さら》がもってきたままおいていかれたゴムを手に寧々が言う。

ちゃんと隠してたはずなのにいつのまに……。

「お兄わかりやすいからすぐわかったよー。隠し場所」

ニヤッと口角をあげる寧々。

「こいつ……」

ただ、寧々の暴走の原因の一端がこれなら、解決策も見えてくる。

真実を話すだけでいいわけだからな。

「よく見ろ寧々、開いてないだろ？　それ」

「え？　あれ？」

気付いたらしい。

寧々は頭の回転は早い。開いていないという情報だけで色々わかった様子で……。

「誰かから押し付けられただけ……？」

勘違いに気づき、表情がさっきまでとは一変する。

ちょっとテンパりはじめていて、すでに若干顔が赤くなっていた。

「押し付けられただけだな」

「でもっ！　持ってるってことは使ってもいいってことだよね⁉」

「いやいや⁉」

テンパった勢いのまま開封していく。

慣れない手つきで包みを一つ取り出して開けるが……。

「なんかヌメヌメで気持ち悪い」

「ほんとに触ったことなかったんだな」

「お兄はあるわけ？」

キッとこちらを睨《にら》んでくるが……。

「男はな、友達と悪ふざけでそいつを水風船にする儀式を誰もが通ってるんだ」

「そうなの⁉」

「公園でやたら頑丈な水風船の残骸見たことあるだろ？　あれだ」

「あれが……まさかこれだったなんて……」

信じ切った様子でまじまじと取り出したそれを眺める寧々。

一概に全員が遊んだとも言い切れないが、このまま押し通そう。

少なくとも俺はそういう流れで一度触ったことがあったわけだし。

「何に焦《あせ》ってるかわからないけど、寧々は別に今まで通りでいいだろ」

ベッドに押し倒されていた形だったが、ようやく力を抜いてもらえたので座り直す。

「撫《な》でて」

「まあそのくらいなら……」

ベッドの上で向き合って座りながら、寧々の頭を撫でる。

「はぁ……断られちゃった」

言葉とは裏腹に笑顔で寧々が言う。

「断られて良かっただろ」

あれは勢いだけだった。

いつもと調子が違う寧々が、いつもと調子が違う俺に、きっかけの《ゴム》を経て変な気を起こしただけ。

だからこれで今まで通りのはずだ。

「んー。でも多分、私はあのままシてても後悔しなかったと思う」

答えにくいことを真剣な表情で言う寧々。

「でもまぁ、ちょっと安心したかも」

「何がだ」

「お兄が童貞で」

「……」

「あはは。寧々が本気になったらどうせ本気で拒まないだろうし、いつでも出来るって考えたらちょっと気が楽になったかな」

勝手なことを……。

ただ実際、力では負けないはずなのに動けなくなったのも事実だ。

何か対策をしておかないといけないかもしれない。

俺の心配をよそに寧々は……。

「お兄もシたくなったら言ってみてね？　気が向いたら相手してあげるから」

ニヤニヤ笑いながらいつもの調子を取り戻していったのだった。

深夜に二人で

それは突然の欲求だった。

「ラーメン……」

もう晩飯も済ませているし明らかに必要のないカロリー摂取なのだが、この時間に行きたくなったらもう止まれない。

「行くしかない」

晩飯少なかったしな、なんて言い訳をしながら欲望に身を任せることにする。

幸いまだ電車も動いている時間だし、駅周りに行けば店もやっている。

立ち上がって玄関に向かおうとしたところで、ポケットの携帯が震えた。

『今何してる?』

リヨンだった。

『ラーメン食べに行こうとしてたとこ』

ゲームの誘いなら食った後で、と送ろうとしたら、通話がかかってきた。

『私も行く!』

『こんな時間だぞ……』

『だから食べたい、でしょ?』

通話越しにニヤッと声が聞こえた気がした。

わかってるな……。

『というか! こんな時間にラーメンの話されたらこうなっちゃうでしょ! 責任取って!』

『ええ……』

聞かれたから答えただけなのに……。

『まあ一緒に行くのはいいけど、どこにする?』

『アキくんのオススメが知りたいからそっちいく! ちょっと待っててくれる?』

『いいのか……?』

結構時間遅いし、心配したんだが……。

『もちろんっ! すぐ行くから!』

『じゃあ駅で待ち合わせよう』

『はーい!』

電話口の向こうからバタバタ音が聞こえてくる。

『やばい服どうしよー。あっ……切ってなかった』

遠ざかる声とドタバタとした音が聞こえてきて、慌てて通話が切られた。

「……俺も準備するか」

とりあえず雑な部屋着のままだったから着替えて、改めてどこに行くか悩み始めたのだった。

◇

一応駅周りで一番オシャレそうなラーメン屋を探しておいたんだが、リヨンに伝えた第一声がこれだった。

「ほんとにアキくんのオススメ、そこ？」

グイッと近づいてきて、下から見上げてきたリヨンに見つめられる。

若干ジト目で、疑いの視線がすごい。

「私のために調べてくれたのは嬉《うれ》しいけど、私はアキくんのオススメに行きたいんだよね」

これはあれか。

俺が出かける予定だったのに一緒に行こうとしたから気を使っているのか……と考えていたら考えを読んだようにリヨンがこう言った。

「私、結構なんでも行けるよ？　野菜マシとかでも」

「え……」

「あっ、引いた⁉　違……くはないけど……とにかく！　アキくんの好きなとこにして！」

「……なら」

流石《さすが》にこの時間にマシマシとかは俺もきついし、元々行こうと思ってたとこにしよう。

「とんこつでいいか？」

「もちろんっ！」

店は汚いけど味は最高な店がある。

この時間に食べるなら最高だろう。

◇

「美味《おい》しかったー！」

「ならよかった」

結局リヨンは替え玉まで頼んでいた。

一杯目からバリカタを頼んでいたあたり慣れてるのかもしれない。

「よく行くのか？　ラーメン」

「んー、好きなんだけどなかなか行く相手も機会もなくて、今日は久しぶり」

それでこんなに満喫しているんだろうか……。

まあ女の子同士でラーメン屋に来るお客さんはあんまり見ないといえばそうかもしれない。

「じゃあ今度から一人で行くときは誘おうかな」

「ほんとっ!?　夜中でも行くからいつでも言って！」

グイッとこちらに寄ってきて手まで取られてしまった。

そこまでなのか……。

「あ、そろそろ電車なくなっちゃうから今日は帰るね」

「ああ」

ほんとにこのためだけに来させてしまったのは結構申し訳ないなと思っていたら、リヨンがこちらに寄ってきて言う。

「次の日用事がない時は泊めてね？」

「なっ⁉」

「ふふっ。気にしないでね？　来たかったから来たんだし、ちょっとでも会えてよかった！」

そう言って手を振りながら駅の方に消えていく。

耳元でささやかれたせいで頰が熱くなってるのを感じながら、走り去るリヨンを見送ったのだった。

まさかのつながり

『謝らないといけないことがある』

焼き魚定食から唐突な謝罪メッセージが飛んできていた。

『何があったんだ』

『とにかく謝らないといけない。今日時間あるか？』

時計を確認する。

もう夕方。今日ということは夜になるということで、そこまで急ぎの用件なんて思い浮かばないんだけど……。

「まあ別に予定もないからいいか」

『時間は大丈夫』

『そうか！　じゃあ十九時、アキのところに行くから待っててくれ！』

『わかった』

そう返事をしてから……。

「ん⁈」

あいつ家に来る気なのか⁈

別に俺たちのオンラインのやり取りで決まった場所なんてものはない。

俺のところ、が指す内容としてわかりやすく思い浮かんだのはやっぱり我が家なんだが……。

「大吾《だいご》に家の場所なんて言ったっけ……？」

そんなことを考えていると、別の人物から連絡が入った。

「……知らない連絡先なんだけど」

大吾とやり取りをしていたのと同じメッセージツールに、知らない相手から何かが届いている。

「電話番号とかでは勝手に追加されないようにしてたはずなんだけどな」

要するに何かしらの知り合いか、どこかで連絡先を聞いてきたかのパターンということになる。

とりあえず見るだけなら害もないので中身を確認した。

『どうも。沙羅《さら》っす。前回お邪魔した時に勝手に追加したっすー』

沙羅からのメッセージだった。

というか……。

『勝手にってどういうことだ』

『あ、返事があって良かったっす。先輩、アプリ開きっぱだったじゃないっすか。ＩＤ見えたんで覚えてたっす』

なんか怖いことを言っている。

ただまぁ、今はそれは一旦置いておこう。

あのあとすぐ連絡してきたわけじゃなく、今この瞬間に連絡してきた意味が何かあるはずだから。

『なんで今になって連絡したんだ？』

『あーそうでした。夜、自分もお邪魔するんでよろしくっす』

『え？』

『じゃあ休憩終わるんでバイト戻るっすー』

その後はスタンプだけが送られてきて、質問を出来るタイミングがなかった。

「どういうことだ……」

多分大吾と沙羅は繋《つな》がってるということはわかるし、二人が夜に来るというのはわかったんだが……。

「何繋がりだ……？」

全然接点が結びつかない。

まあ考えても仕方ないか……。どうせ答え合わせはすぐなんだから。

「部屋の掃除、しとくか……」

リヨンが来た時の反省も生かして、飲み物の買い出しも済ませておいたのだった。

◇

「お……来たか」

十九時ぴったりにインターホンが鳴った。

確認するまでもなく大吾と沙羅だろう。すぐに扉を開けに行く。

「いらっしゃい」

「悪いな急に」

「いやいいんだけど……」

改めて二人を見る。

金髪の似合う爽やかな高身長細マッチョイケメン。

ピアスの目立つショートカットのダウナー系美少女。

どちらも顔は整っているんだが、系統が違いすぎてやっぱり共通点が見つからない。

「まあとりあえず入るか」

「いいのか？」

「むしろここで三人立ち話の方が避けたい」

壁もそんなに厚くないアパートだが、外で立ち話よりは中の方がましだ。

「じゃあ、お邪魔します」

「久しぶりっすー」

礼儀正しく靴まで揃《そろ》えて大吾が入って、まだ二回目だというのに慣れた様子の沙羅が続いた。

ひとまず部屋に入ってもらってくつろごうかと思った瞬間だった。

「悪い！　沙羅が迷惑かけて」

大吾が土下座していた。

そのまま大吾は沙羅に目線をやり、沙羅もそれを受けて同じように頭を下げてきた。

「申し訳ないっすー」

間延びした声ではあるが姿勢は妙に礼儀正しい。

「えっと……どういう関係だ……？」

まさか大吾の彼女か何かかと思ったが、その場合むしろ怒られるのは俺なのではという気持ちも……いや別に俺が何かしたということはないんだけど一応心証は悪いだろうなんて考え込む。

正解はすぐに、大吾の口から告げられた。

「妹なんだよ。沙羅。俺は宮川《みやかわ》大吾。こっちが宮川沙羅」

「え……」

確かに大吾は妹がいるって話をしていた。

ただなんというか、あんまり結びつかないなと思って二人を改めて見ると……。

「ちょっと顔似てるな」

「でもお兄ちゃんと性格は似なかったっす」

沙羅が言う。

全身ピアスのいかつい女の子が「お兄ちゃん」と言ってるのがどことなく可愛《かわい》い。

「こら。迷惑かけたんだからお前がちゃんと謝るんだよ」

「そうっした。すみません先輩ー。お兄ちゃんと話しててちょっと行き過ぎたなって思ったっす」

なるほど。

ようやく二人で来た理由も、今日の目的もわかったんだけど……。

「俺は別に気にしてないしそんなに深刻にとらえなくていいぞ」

沙羅に関してはまあ、グイグイ来るのはコンビニで話しているときから感じていたし、そういうものと思えば受け入れられない範囲ではない。

ちょっと驚いたけどまあ、そこで嫌な感じにならないだけの愛嬌《あいきょう》みたいなものが沙羅には備わっていた。

「……ほんとに大丈夫なのか？」

拍子抜けしたように大吾が言う。

それでも正座は崩さないし、その姿でさえ様になっているのがなんかもう凄《すご》い。

「ああ。驚いたけど別にって感じだ」

「なるほど……なんとなくアキが同じタイプに懐《なつ》かれてる理由を理解した」

「え……」

色々ツッコミたいんだが追いつかないままに沙羅がもう一段階ギアをあげようと、まず大吾に確認する。

「自分、もうちょいグイグイいっていいってことっすかね？」

「迷惑にならない範囲にしておけよ」

大吾ももう諦めたのかこんな返事をしたせいで……。

「わかったっす。先輩、バイト終わりたまに遊びに来てもいいっすか？　性欲処理に使ってもらってもいいっす」

「おい！」

「自分、別にそれでも幸せは感じられると思うっす」

「お前の妹だろ、なんとかしろ！」

大吾を見ると天を仰ぎながら額に手を当てていた。

「まあ、先輩は普段からスタイルいい子に囲まれてるっすから、こんなちんちくりんだと興奮しないかもしんないっすけど……いいっすよ別に、他の子とのハメ撮りとか見ながらシてもらっても」

「大吾！　早く止めろ！」

「兄妹《きょうだい》の方がこういう会話は気まずいしきついんだよ！」

お互いテンパっていた。

マイペースなのは沙羅だけだったが、俺たちの様子を見て一応落ち着いてくれたらしい。

「その気になってくれたらいつでも言ってくださいっす」

「……一応、わかった」

「わかっていいのか」

大吾からツッコまれるが深く考えないでおこう。

まあとにかく、一旦嵐は過ぎ去ったと思ったんだが……。

「そういや先輩。この前来た時も思ったっすけど、やっぱ本命は写真飾ったりするんすね」

沙羅が突然そんなことを言う。

「ん？」

うちに写真なんて一枚も飾っていない。

それに本命って……。

「リヨンのことか？」

「名前はわかんないっすけど……。これ、あの時の子っすよね？」

そう言って沙羅が指す方向にあったのは……。

「え？」

ステラのセンター。

前野理世《まえのりよ》のポスターだ。

曲が好きなのもあるが、カレンダーが付いているのでそのまま飾ってあっただけなんだが……。

「似てるか？」

リヨンと理世。

名前以外には何も結びつかずキョトンとする俺に、沙羅《さら》が言う。

「メイク変えててもあの距離でじっと見てたらわかるっす。似てるとかじゃなく、本人っすよ」

「いやいや」

相手は今もテレビに引っ張りだこのアイドルだ。

あり得ないと否定しようとしたんだが……。

「先輩。リヨンって子と遊んだりゲームするんすよね？　忙しい時期とテレビとかの活動照らし合わせて考えてみてほしいっす」

「え……」

目が真剣だ。

そしてゲームをするのは俺だけじゃなく、大吾《だいご》も。

その大吾が……。

「沙羅のこういう感覚は外れないし……確かに言われてみたら、リヨンがゲーム断ってた時期と、ステラのライブツアーの時期がかぶったりはしてたな」

　それだけなら偶然かもしれない。

　だが、大吾が言った沙羅の感覚という部分が引っかかる。

「一応照らし合わせてみるか……」

　過去のやり取りをさかのぼる。

　会ったのは最近とはいえ、ゲーム仲間としての付き合いはもう少し長い。

　ステラの活動のすべてが見えるわけではないとはいえ、ライブなんかのリアルイベントは外からでも追える。

　その結果……。

「確かに一致はしてる」

　これが全てではないとはいえ、すぐに否定する材料が無くなったことになる。

「むしろ先輩、あれだけ会ってて気づいてないんすか？　ポスターもあったのに」

「ポスターもリヨンも、まじまじと顔を見ることがないというか……」

「だからっす。ちゃんと見たらすぐわかると思うっすよ。そんな簡単に隠せるようなオーラじゃないっす。あれ」

「それは……」

その一言が一番、納得感があった。

「俺はリヨン氏と直接会ったことないからわからないけど、そうなんだな」

大吾の確認がより一層、俺の中で答えを確定させていく。

「そうか……リヨンってアイドルだったんだな」

「え……」

俺の気の抜けた感想に、大吾が驚いた表情を見せた。

「それだけ……か？」

「あー、いやまあ、ちょっとまずいことをしてるのかって思ったけど、俺は別にアイドルの前野理世と接してるわけじゃなく、あくまでリヨンと接してるだけだからな」

なんか色々考え込みそうになったが、別にこれで全部解決する気がしていた。

「アキ……なんかすげえな」

「大物っす」

「馬鹿にされてるのか……？」

「いやいや。ほんとにアキがなんで好かれてるかわかるいいとこだと思うぞ」

大吾が満面の笑みで言う。

表情から何を考えているか読み取りにくいイケメンなんだが……まあいいとしよう。

「先輩たちがどこまで進んだかは知らないっすけど、まぁヤることヤったんすよね？　先輩」

「え？」

「ほらこれ。一個減ってるじゃないっすか」

「それは違う⁉」

ゴムの箱を手に沙羅が言う。

寧々《ねね》のせいで状況が悪化していた。

いや元をただせば元凶は目の前にいる沙羅に外ならないんだけど。

大吾に説明しておきたいのに沙羅はあっさりこの件は流して話を進めていく。

「まあそこはいいんすけど、確かに問題はないっすね。よく見ないとわかんない程度には変装出来てるんで」

「あれ……変装だったんだな」

「少なくとも自分が見てきたタイプとは違ってたっすね。中身は」

見てきたタイプ、というのは、あの服装についての話だろう。

地雷系ファッション。

リヨンは中身に地雷感がないとは思っていたが、そういう事情なら納得できる部分が大きいな。

いやでもまあ、リヨンと話している限り、テレビで見る前野理世とはまるで違うが、どちらかというとリヨンの時の方が素に近い気がするんだよな……。そうだといいという願望も含まれているかもしれないけど。

とにかく色々腑《ふ》に落ちたところで、ちょうどよく誰かの腹の音が鳴った。

「食ってこなかったのか？」

「先輩もこの時間ならまだっすよね？　普段」

「まあ……」

普段のそんな話を沙羅にした覚えはないのは一旦置いておくとして、飯がまだなのはその通りだ。

「実はお詫《わ》びも兼ねて食い物は結構持ってきたんだ。一緒にどうだ？」

「いいな」

大吾が鞄《かばん》を広げて総菜パックを並べていく。

デパートで売ってるちゃんとしたやつというか、結構値段がしそうなやつを買って来てるな……。

「ほんとはお詫びに置いていこうと思ってたんだけどな」

「一緒に食ってくれた方がありがたい」

「そういう顔してたから言ったんだよ」

大吾が笑う。

さらっと言ってるけどこういうところがイケメンのイケメンたる理由だろう。

「あ、自分これ好きっす」

「お前は後で。先にアキに選んでもらってからだろ」

「いいよ。それは沙羅にあげる。俺はこっちの方が好きだから」

「やったっす」

大吾があんまり甘やかさないでくれと言っていたが、別にうちでならいいだろう。

衝撃的といえば衝撃的な告白があったのだが、いつの間にか他愛無《たわい》いいつもの雰囲気が構成される。

いつも、というメンバーでもないんだが、不思議とそう思える居心地の良さがあった。

多分だけど、この居心地の良さは……リヨンといるときも同じだ。

「温めるものあったらやってくる」

「あ、それは自分がやってくるっす」

そんなやり取りをしながら、三人で飯をつつき合った。

◇

沙羅からリヨンのことを伝えられて数日。

特段変わったということもなく日々を過ごしていたんだが……。

「そろそろ会いたいな」

あまりにも自然にそう思えたことが自分でも驚いたが、まあそれはいい。

沙羅の話は衝撃的ではあったが、それで何かが変わるということはなかった。

いやちょっとは緊張するんだけど、出かける誘いの連絡をするときに緊張するのはいつも通りだ。

そしてそのいつも通りの問題を抱えながら考え込む。

「どこに誘うか……」

まずはオンラインだけでゲームの誘いでも別にいいんだが、なんとなく会いたくなった。

ただどこに行くかだけど……。

「一緒に決める、か」

リヨンの行きたい場所もあるかもしれないし、そもそもいつ行けるかわからないから予約が必要な場所だと問題だ。

　ひとまず連絡を……。

『今度どこか遊びに行けないか？』

　返事はすぐに来る。

『わー！　行きたい！』

　良かった。

　当然といえば当然だが、アイドルではなくリヨンとの会話が始まる。まあそうだな。向こうは何も知らないわけだし。

　そのままお互いの状況やら行きたい場所をあげていったりとやり取りをしていく。

　この時間すらもどこか楽しい自分がいる。

　二人で色々と候補を出し合いながら、結局話しながらゲームをしようなんて言って、予定を決めていったのだった。

◇

「良かったーちゃんと会えて！」

「忙しかったんだな」

「んー、ちょっとね。ごめんねなかなか予定決められなくて！」

「いや、結果的には早かったというか……」

あれから数日。

リヨンと日程調整をしていたんだが、実はあの日予定は決められなかった。

当初は予定が読めないから待ってほしいと言われていたのだ。

本来の活動と照らし合わせて考えれば仕方のない話で、別にいつでもいいと言ったところ、逆に直近なら予定が空いたということで急遽《きゅうきょ》当日に集まる話になり、今日にいたる。

やっぱり忙しいんだろう。むしろこれまでがおかしかったと言えた。

「んー？　アキくん、どうしたの？」

「ああ、ごめん。今日はどこか予約したりはしてないから、ふらふら当てもなくなんだけど……」

「いいね！　楽しそう！」

屈託のない笑みを浮かべるリヨン。

今日も全身黒いコーデに、メイクも含めいつも通りの地雷系《じらいけい》ファッションに身を包んでいる。

だというのにどこかキラキラしたオーラのせいで地雷感が薄い。

アイドルだなんだと関係なく、相変わらずリヨンは人通りのあるところに立てば目立つくらいには可愛《かわい》かった。

「ん？　どしたの？」

「いや、また目立ってるなと思って」

「あはは。ごめんね？」

「いや、リヨンが悪いわけじゃないというか……隣が俺のせいで申し訳ないというか……」

「ふーん？」

俺の言葉に何を思ったか、リヨンは少し考える素振りを見せたあと……。

「えいっ」

「うお……リヨン？」

いきなり腕を組まれて困惑する。

「別に今さらこのくらいいいでしょ？」

「それは……」

一回目を思えば何でもよくなってしまう。

とはいえ腕に当たるこの感触は無視できるものではないし、そもそもの距離が近くなりすぎて顔が熱くなる。

周囲もどこか諦めたように視線を外し始めたので、リヨンの狙い通りなんだろう。

別に嫌というわけではないし、ここで抵抗してもドツボにハマりそうだから諦めてこのまま歩く。

ちょっと慣れないし、恥ずかしいし、変な罪悪感みたいなものがあるんだけど……。

「アキくん。今は私に集中！」

「は、はい」

「ふふ。今日はいつもよりそわそわしてるね」

「いつもそわそわしてたのか……」

「うーん。割と？」

首をかしげながらリヨンが言う。

「でも可愛いから好きだよ？」

「……」

もう何も言えなくなって、とりあえず歩き出したのだった。

◇

「カラオケで良かったのか？」

「ん？　全然いいよー。今日はふらふらする感じでしょ？　とりあえずこういうとこで考えながら楽しめばいいじゃん」

最初にやってきたのは駅から少し歩いたカラオケ。

駅から離れた理由は、この辺りに遊ぶ場所が密集しているからだ。

ゲームセンターにボウリング、カラオケ、ダーツ……なんなら水族館なんかもこの辺りにあった。

この駅で遊ぶときは大抵、ここらまで歩いて出てくることになる。

「さ、じゃあ歌ってもらおっかなー。アキくん」

「俺からなのか」

「もちろん。普段どんな曲聴くか教えてー」

普段……。

流行《はや》りものは一通り……なんだが、カラオケに来ると必然的にステラの文字がチラつく。

　気にしない、とは大吾《だいご》たちに言ったものの、それは俺の話でリヨンがどう感じるか考えないといけないと思って悩んでいると、勘違いしたリヨンがなぜか距離を縮めてきた。

「もしかしてアキくん。カラオケにそういう目的で来た？」

「――っ⁉」

　リヨンが俺の肩に手をかけながらしなだれかかってくる。

「あはは。その気になったらそういうところで、ね？　カラオケもスリリングでいいかもだけど」

　ニッといたずらっぽく笑うリヨンからは、到底あの清楚《せいそ》アイドルの姿が想像できない。だというのに、近づかれたときのオーラはやっぱりすごいというか、いや単純にリヨンが可愛いだけかもしれないんだけど……。

　そう思って見つめてしまったのだろう。さらにリヨンを勘違いさせる結果になってしまった。

「ん？　どしたのアキくん。あれ……本気でシたくなっちゃった⁈」

「いやいや！」

「あはは……もう……やば。顔あっつい。やっぱ私が歌う！」

　自分で言っておいて余裕がなくなる辺りは今まで通りのリヨンなんだが……。

「知ってる？　この曲」

「あ、最近よくＳＮＳで聴くやつだよな？」

「そそー！　元々アニメの曲なんだよ！」

そう言いながらマイクを握るリヨン。

歌い出した瞬間だったと思う。

「おお……」

歌いながらこちらを流し見てウインクをしてくるリヨン。

その姿はもうリヨンのものとは別の、本来のオーラを隠しきれなくなるのに十分な魅力を放っていた。

「やっぱすごいな……」

小声でつぶやく。

なんかこう、許されるのかという役得を味わい尽くす、そんなカラオケになったのだった。

◇

「盛りだくさんだったねー」

カラオケに行って、またボウリングをして、適当にふらふらして……リヨンの言う通り、本当に盛り沢山な一日だった。

すっかり外は暗くなっているが、この辺りはあらゆるビルや店からの光が溢《あふ》れ、むしろこれから活気が増していくような場所だ。

とはいえ俺たちはもう満喫して駅の方向に歩こうとしているわけだが……。

「結局もう一回あのペットカフェも行ったし……ほんとに詰め込んだな」

最初こそ俺から呼びかけたが、途中からはリヨンが色々提案してくれて色々回ったデートになっていた。

そしてその勢いはまだ健在だったらしい。

「ねえ。まだ帰らないでもいいよね？」

「いいのか……？　もう結構遅くなってるけど」

「大丈夫！　なかなか時間取れなそうだし、アキくんが大丈夫ならもうちょっと一緒にいたいんだけど……」

視線を少し逸《そ》らしながらリヨンが言う。

こんなの拒めるやつがいたら見てみたい、と思う完璧な仕草だ。すぐに頷《うなず》かされた。

いや別に断る理由はないのだけど、今の流れなら最初と同じようになっても、不思議ではないんだよな……。

そこに考えが行きつく前に即答させられた気がする。

「やった！」

そう言ってリヨンが手を引いて、来た道を再び戻っていく。

「どこ行くんだ？」

「ふふ。ちょっと寄れるくらいの場所」

まあ悪いことにはならないだろうし、おとなしく付いて行こう。

いやもう、こうして一緒に歩いているこの時間が十分に楽しい自覚があった。

「ふふ」

「どうした？」

「いや。一緒に歩いてるだけで、私いま結構幸せかもと思って」

ストレートすぎるリヨンの言葉に固まる。

隙をつくように追撃を加えられた。

「可愛いよね、アキくんって」

「また可愛い、か」

「でも、悪くないんだって」

「それは聞いたけど……俺はよっぽどリヨンの方が可愛く見えるけど」

「なっ⁉」

不意打ちにリヨンが立ち止まって振り返る。

「もうっ！　もうっ！　ずるいんだってばそういうのが！」

この辺りは寧々《ねね》に鍛えられているおかげかなんとか主導権を渡しっぱなしにしないでいいのが助かっている。いや、助かっている……のか？

「むぅ……まあでも、これはこれで満足感があるかな」

気を取り直したようにリヨンが前を向いて、続けてこう言った。

「私はそれ以上、望まないから」

俺からあえて目を逸らすように前を向いて、そのまま空を見上げる。

この言葉に、これ以上踏み込んではいけないという意味が込められていることくらいは俺でもわかる。

今の俺たちはもう、傍《はた》から見ればカップルと言える距離感だ。

一度はステップを踏み越えてさらに先に行こうとしたこともある。

そんな俺たちにとって、この辺りの線引きは難しくなっていた。

だから明言したのだろう。

「それ以上、か」

「あ、エッチなこと考えてたでしょ？　どうする？　別にホテルの方に戻ってもいいよ？」

いたずらっぽくリヨンが笑う。

返答に困る……。苦笑いだけして誤魔化すとしよう。

「まあまあ。で、目的地はここでいいのか？　戻ってきた感じだけど」

「あーあ。振られちゃった」

そう言って笑うリヨンにも、そこまでその気があったようには思えない。

かといってそれで雰囲気が悪くなるようなこともない。

結局俺たちが今求めている関係は、ただ並んで歩くだけだったということだろう。

「目的地はね、今回は上じゃなくてもう、ここなんだけど」

「ここ？」

ビルの上には、二度世話になったペットカフェ。

だが今回の目的地は……。

「ゲーセンか」

「そそ。なんだかんだ通り抜けるだけになっちゃったし、ちょっと遊ぶにはいいでしょ？」

「それはそうだな」

クレーンゲームの並ぶゲームセンター。

「目当ては？」

「んー……とりあえずレースから順番に」

リヨンの表情を見て思い出した。

二人とも元々ゲーマーで、負けず嫌いだったことに。

「最後のボウリングの負け、気にしてるのか？」

「全然！　全然気にしてないけど、確かアキくん、そんなにやってないよね？　レース系は」

表情では隠し切れない悔しさが溢れているのがまた可愛《かわい》らしく映るリヨンに笑いながら、言われた通りゲームに付き合うことにしたのだった。

「よーし！」

「音ゲーまで網羅してるのか……」

結局二人であらゆるゲームをやり尽くした。

レースやシューティングに始まって、パンチングマシーン、音ゲーにバスケゲームにモグラたたきまで本当に色々やり尽くして……。

「勝った！」

リヨンが叫ぶ。

戦績はリヨンが四勝。俺が三勝だ。

「ぐ……」

「ふふふ。やっぱりアキくんレースゲーは範囲外だったかー」

得意げにリヨンが笑う。

そこにつけこんでレースゲーだけ二回やらされたんだが、流石《さすが》にそれを言い訳にしたくはない……。

まあ勝ち誇るリヨンが可愛いからいいか、なんて少し頭を落ち着けていると……。

「アキくん。リベンジしたくない？」

「音ゲーとレースはもう避けたい」

「わかってるよー。ボロボロだったもんね」

「こいつ……」

無邪気に笑うリヨンを軽く小突く。

「あはは。ごめんごめん。でも別のやつ。クレーンゲームで勝負しない？」

「クレーン……何回で取れるかってことか」

「そそ。私あれ欲しい！」

「あれ……確率機だろ」

理世《りよ》が指さす先に鎮座している巨大なクレーンゲーム。

中に置かれた景品も巨大なクマのようなぬいぐるみなんだが、あのタイプの台は確率機
……技術ではなく運で取れるタイミングが決まっているタイプの台だ。

一定確率でアームが強くなるため、そこに当たるまで取れない。

勝負するにはどうなのかと疑問に思ったが……。

「でも……あれが欲しい」

ちょっと恥ずかしそうに、目を下に逸らしながらリヨンが言う。

そんなことをされて断れる男などいないだろう。ここに誘われるときもそうだったけど、
リヨンはこれ狙ってやってるんじゃなく素なんだろうな……。

まあそれはいい。

クレーンゲーム。やり込みこそしないものの、おおよそやり方も仕様もわかっているし

いけるはずだ。

財布の中身を確認……。なんとかなるか。

何枚かの札を五百円玉に両替してクレーンゲームに向かう。

「やるか」

「頑張って！」

もはや勝負でも何でもなくなったが、ある意味では負けられない戦いが始まったことになったかもしれない。

とはいえこのタイプは毎回狙いを外しさえしなければその内取れるようになっている。

逆に言うとその時が来るまでは、ピッタリ狙ったところで取れないんだが……。

「おお！　持ち上がった！　すごいすごい！」

リヨンが盛り上がって肩に手を置きながらジャンプするが……。

「まあいきなりは無理だろ」

持ち上げられたぬいぐるみは予想通り、取り出し口にたどり着くことなく……。

「ああっ！　落ちちゃった……」

直前でアームに見放されるように落下し、何度かバウンドしたのち再び元の位置に近い場所まで戻っていった。

「こういう台だから」

「むぅ……」

何も言わずに二回目のトライ。

そのために五百円玉勝負なわけだ。

「ああっ！」

「あっ！」

「んんんっ」

耳元で唸《うな》るリヨンの声が怪し気になっていくのに気を散らされながらも、きっちり狙いを外さずに回数を重ねていく。

そして……。

「あっ！　んー……あっ！」

「お、今回はいけるかも」

「ほんとにっ⁉」

パッと表情を明るくさせて俺と筐体《きょうたい》を交互に見るリヨン。

そして……。

「取れたぁあああああ！　すごいすごい！」

無邪気に喜ぶリヨンがそのままの勢いで抱きついてくる。

もはや勝負という名目も忘れ去ったようだった。

「うおっ⁉」

「やったぁあああ」

気にする素振りもなくリヨンは力を強めてきた。

回数的にもちょうど良かったし、財布のダメージも想定内。

取れたことにホッとしながら、ひとまず落ち着いたリヨンに離れてもらって取り出し口から巨大なぬいぐるみを取り出す。

「はい」

「いいのっ⁈」

「そのために取ったから」

「やった……ありがと！」

ぎゅっとぬいぐるみを抱きしめるリヨン。

この絵になる姿を見られただけで悔いはない。

「あ、かかったお金は払うから」

「要らないよ。これはプレゼントってことにしたいから」

「プレゼント……そっか……そっか……ふふ」

さっきよりも柔らかい笑みで、改めてぬいぐるみを抱きしめ直す。

これまで見てきたどのリヨンより可愛らしい姿だった。

「ねえアキくん。最後にもう一つだけ、付き合ってくれる？」

「いいけど、まだ何かあるのか？」

「うん。これが一番大事だから」

甘えるようにリヨンが言う。

そのまま先導されて連れて行かれた先は……。

「ここ、俺が入っていいのか……？」

キラキラしたプリクラコーナーだった。

「ほらほら。女の子と一緒ならいいんだって！」

リヨンの言う通り、女性限定の文言の下に、女性連れの男性は入場可能、と書いてあった。

「にしても居心地が……」

「だめ？」

「わかっててやってるだろ」

わざと首を傾《かし》げておねだりしてくる。

このあざとさにいつまでも騙《だま》される俺ではない……んだけど……。

「あはは。まあでも、撮りたいのはほんとなんだけど」

リヨンが本気でねだってくる。

こうなったら断れないな……。

「まあ、撮りたいならいいよ」

「えへへ。ありがと！　じゃあ行こー！」

手を引いてリヨンが進んでいく。

この場で離れるよりは、こうして明らかにリヨンについてきただけだとわかる方がいい
なんてことを考えながらついて行く。

「プリクラってこんな感じなのか」

「みたいだねー」

他人事《ひとごと》のようにリヨンが言う。リヨンもあまり撮ることがないんだろうか……。

だがそのことにツッコむ余裕はない。

「ほらほら。撮るよー」

「もう!?」

「そうそう。最近のは動画まであるし忙しいんだから!」

「まじか……あ」

「あはは! 口あいてる」

「合図も唐突じゃないか!?」

「ほらほら、言ってる間に次になっちゃうよ」

そんなやり取りをしながら、終始ついていけないまま、笑いながらからかうように抱き着いてみたり手をつないでみたりを繰り返すリヨンに振り回される。

『次で最後! ピッタリくっついて!』

プリクラの機械からそんな指示が飛ぶ。

もはやプリクラの指示についていくのに精一杯で、何も考える余裕もなくなんとか言われた通りにリヨンの方に寄ってカメラを向いたんだが……。

「このくらいはいいよね?」

「え……」

『三、二、一……カシャ』

筐体から流れる無機質な音に合わせて、奪うように頰にキスをされた。

「ふふ。ダメだった？」

「いや……」

「じゃあよし。あれで満足って言ったけど、ちょっと欲張っちゃった」

小悪魔な表情を浮かべてリヨンが笑う。

呆気《あっけ》に取られて固まってしまい、動き出すまでにはしばらく時間が掛かった。

不意打ち過ぎる。

幸いリヨンも余裕がなくなったのか顔が赤くなっていて、おかげでそれ以上の追撃はなかった。

その後最近の機械は落書きらしい落書きはなく、代わりに加工するんだよとか、携帯にデータで送ってもらえるとか色々教えてもらいながら流れに従ったが、ゲームセンターを出てしばらくたつまで、さっきの衝撃のせいであまり頭が動いていなかった。

「楽しかったー！」

駅までの道を歩きながら、リヨンが改めて言う。

「そうだな」

本当に良《い》い一日だったと思う。

これでもかというほど一日に予定を詰め込んで、充実したデートになったとも思う。

だが……。

「……寧々《ねね》に言われてなかったら気づかなかったな」

リヨンに会う前に寧々と話しておいて本当に良かったと思いながら、あの時の会話を振り返った。

◆

「そういえば話してたリヨン、アイドルだったらしい」

「ふーん……え？　は？」

寧々がまたうちにきて、勝手に置いていったレモンティーを淹《い》れさせられてくつろいでいるところにさらっと話したんだが……。

「お兄、おかしくなった？」

「やっぱそう思うよなぁ」

我ながらそう思っていたが、寧々の方が考え込む仕草をした後、こう言ってくれた。

「いや……お兄が理由もなく変なこと言うはずないもんね。どういうこと？」

身体《からだ》を起こして寧々が聞いてくる。

こうやって真面目に話をしたいとき、すぐに答えてくれるのが寧々のいいところだな。

「沙羅《さら》……えっと……いつものコンビニ店員わかるか？」

「いつもの……あの子かー。ピアスの可愛《かわい》い子」

「そうそう」

寧々も随分一緒に通ってるからお互い顔はわかる。

「あの子に言われてさ……俺も確信持ててないけど、今のところ否定する材料がなくてな」

「なるほど。まあお兄よりは信憑性《しんぴょうせい》はあるよね。女の子の意見だし」

さらっと馬鹿にされた気がするが今は良しとしよう……。

「で、何で私に話したの？　お兄のことだし無駄に秘密バラしたりしようとしないでしょ？」

ストレートにそう言い切る寧々。

寧々のこういうところが、いつも我がままでも憎めない理由なんだろうな。

「察しが良くて助かるんだけど……秘密を知ったうえで俺、どうしたらいいと思う？」

「どうしたら……お兄はそんなに気にしてないんでしょ？」

「ああ」

そう。

俺自身は気にしていない。

ただ、リヨンはその限りではない。

この辺りの機微に俺は疎《うと》い自信があるし、だからこそ多分そんなに気にならなかったんだけど……それでも何も考えなしのままでいられるほど鈍くはなかった。

「なるほどねー。お兄なりに気を使って……かぁ」

しばらく考え込んだあと、寧々はこう言った。

「わかってると思うけど、お兄から言わない方がいい。というより、言う必要がないでしょ？」

「ああ」

「別に言いふらしたりするわけじゃないし、多分だけど、お互い今まで通りが一番いいはず」

そうだろう。

良かった。ここまでは予想通り……だったのだが……。

「でも、もし離れて行こうとしてたら、ちゃんと止めてあげた方がいいと思うな」

「離れて……？」

もちろんその時はそうするつもりだし、そんな当たり前のことを今更……と思ったんだが……。

「あ、お兄、それは大丈夫だって思ったでしょ」

見透かされたように寧々に笑われる。

寧々がこう続けた。

「離れてく素振り、わかる自信あるの？」

「それは……」

なんとなくは……と思うと同時に、寧々があえてこう言うということは、とも考える。

「そんなわかりやすくするはずないじゃん。いつもの寧々みたいにもう終わりってなるならともかく、そうじゃないでしょ。きっと」

別に詳しく話したことがあるわけでもないのに、何でもお見通しのように寧々が言う。

だからこそ寧々に頼ろうと思ったわけだが。

「多分だけど、すっごくわかりにくいよ。というか逆に、お兄はいつもより仲良くなれて良かったとか思い込んで、それっきり連絡取れなくなっちゃうんじゃないかな」

「え……」

「考えてみたんだよね。ほんとは好きなのに、何か理由があって離れないといけなくなったら、私ならどうするかなって」

寧々が目をつむって、改めて考えこむように言う。

「多分ね、いつもより思いっきり甘えて、あわよくば何か、形に残るものをもらって、それでね、全部終わりにする」

「全部……」

「うん。もうこれ以上ないってくらい甘えて、それで最後にしよってなっちゃうかな」

寧々が目を開けて、何故《なぜ》か甘えるような目を俺に向けてくる。

思わず見とれてしまいそうになったところで、狙ったかのように寧々が笑ってこう言った。

「今の目、忘れちゃダメだよ？　これやられたら絶対その日は帰しちゃだめだから」

いたずらっぽく微笑《ほほえ》んで寧々が言う。

勉強になった一方で……。

「今のはわざとだからノーカンだよな？」

「えー……別にいいんだよー？　寧々のこと今日帰さなくっても」

そう言って笑う。

私ではなく寧々に戻ってるあたり大丈夫だろう。

というより、今の俺にこれ以上余計なことを考えさせるほど寧々は意地が悪くないからな。

「ま、鈍感なお兄相手に寧々がそんなことする日は来ないって。もっとわかりやすくやるから、ね？」

そう言っていつの間にか膝の上に頭を載せてくる。

「じゃ、相談料として撫《な》でてもらいまーす」

「はいはい」

そんないつも通りのやり取りをして、会話もいつものような他愛《たわい》のないものに戻っていったのだった。

◇

「リヨン」

「えっ……どうしたの？」

帰り道。

もう後は駅に向かってお互い離れるだけの所に来て、俺はリヨンを呼び止めた。

「もうちょっと、付き合えるか？」

「……私はいいけど、アキくん、電車なくなっちゃわない？」

「まあその時はその時で」

リヨンは一瞬考え込んで……。

「いいよ」

そう言って笑ってくれた。

◇

「何かな……改まって……緊張しちゃうね」

実際落ち着かないのか、少しそわそわしながらメニューを広げるリヨン。

来たのは夜まで開いているどこにでもあるファミレスだった。

「何食べる？」

「この時間に食べたら太る！　責任取ってくれるの？」

「この前ラーメン食べてたやつが言うのか？」

「あはは。でもほら、一緒に運動とか……する？」

ニヤッと笑いながらリヨンが言う。

わかってやってるな……。

「ごめんごめん。まあとりあえずデザートとドリンクバーくらいは頼むけど」

そう言って店員を呼んで、お互い飲み物を取って……。

「さ、改めてだけど……私に話があるんだよね？」

色々覚悟を決めたような表情で、リヨンがまっすぐ俺を見つめてきた。

リヨンもまあ、もうわかってるだろう。

「気づいたんだよな？　俺がリヨンのこと、ステラの理世《りよ》だって気づいたって」

わかりにくい言い回しではあるが、リヨンには一発で伝わる。

寧々の助言がなかったら間違いなくこうはなっていなかったと思う。

ただこうも寧々の予想通り、無理をするように甘えるリヨンが見られたのはある意味ラッキーだったかもしれない。

じゃないと俺は、このサインを見逃していたと思うから。

「あはは。バレちゃったかぁ」

リヨンは軽くそう言って乾いた笑みをこぼした。

「そうだよね……。で、この後私がどうしようとしてたかもお見通しってことだよね？」

「……これっきりで終わりにするつもりだった、で合ってるか？」

リヨンの息が詰まる。

「すごいね。アキくん」

「いや……」

「ふふ。それとも誰かの入れ知恵かな？」

「うぐ……」

すごいのはどっちだと思いながらリヨンを睨《にら》むように見つめる。

「もー。なんでバレちゃうかな……。親戚の子が鋭かったの？」

「いや、鋭かったのはコンビニの子だよ。リヨンのこと見てたからな」

「あー……いやー、うまく隠せてるつもりだったのに」

それはその通りだろう。

現に今も、トップアイドルがこんなところにいるというのに誰も気にする素振りを見せないのだから。

いやまぁ、正確にはとんでもなく可愛い子がいるという視線は集めているが、それでもなおアイドルの姿と結びつかない程度には、リヨンの変装は完璧だったのだから。

「はぁ……。アキくんの周りの女の子たちが優秀だったのは誤算だったなぁ」

リヨンが天を仰ぐ。

表情は明るくて、いっそバレたことが清々《すがすが》しいような雰囲気すらあった。

ただこうなった以上、そのまま有耶無耶《うやむや》というわけにもいかなくなって、リヨンも改めてこちらを見て話し始める。

「えっとね、アイドルってバレたうえでだと、アキくんとは仲良くなりすぎちゃったと思ったの」

真《ま》っ直《す》ぐこちらを見て、リヨンが言う。

「リヨンのままなら、これでもいいかと思ってた。でも、そうじゃなくなっちゃった。あー、これから私は、前田《まえだ》理世として、アキ君とぶつかる必要があるなって……そう思って……」

なるほど……。

ん？

「前田……？」

「あ、そか。本名だよ。一応アイドルの時は名前変えてるの。あんま変わらないけど」

「ああ、そういう」

「あはは。こんな形で本名教えることになるとはなぁ」

リヨンが……いや理世が笑う。

そういえば確かに、最初に会ったときにそんな話もしたな。

逆に言えばここに至るまで一度も、本名に触れてこなかったわけだ。

「そっちで呼んだ方がいい……のか？」

「待って。ちょっと本名は刺激が強いかも」

さっきまでの真面目なオーラは一瞬で消えて、余裕なくパタパタ慌てるリヨンがそこにはいた。

「じゃあリヨンか」

「いや、それはもったいない気もするというか……」

なんなんだ……。

とはいえちょっと、調子が戻ったのは良かったな。

リヨンも少し話しやすそうにして続けた。

「とにかくさ。リヨンとしてだけの付き合いじゃなくなっちゃうのが、怖かったの。アイドルとしての責任みたいな話もあるけど、何より多分、アキくんに全部バレたうえで、リヨン以外の私も見られたうえで付き合っていくのが、怖かった」

「だから逃げようと思ってたのに……アキくん、わざわざ捕まえたってことは、ちゃんと責任取ってくれるの？」

「え……」

「まさか何も考えずに呼び止めたりしてないよね？　そこんとこどうなの？」

グイグイリヨンが詰めてくる。

実際そのあたりは全く考えていなかっただけにたじたじになる俺を見て、リヨンが笑った。

「あはは。ごめんごめん。ちょっとからかっただけ」

「こいつ……」

「ふふ。でも、どうするかは考えないといけないよね？」

リヨンが真面目な顔をして言ってくる。

これについては俺はもう答えを持ってるんだけど……。

「リヨンは、どうしたい？」

あえてリヨンに問いかける。

「……もちろん、あのまま仲良くしてたいよ」

「怖い……か」

良かった。

俺と同じ思いだ。

だから……。

「じゃあそれでいいんじゃないか？」

あっさりこう言い切った。

リヨンは拍子抜けしたような表情を浮かべているのでそのまま続けることにする。

「俺はリヨンと仲良くしたいし、リヨンもそうなら、他のことは後で考えるでもいいんじゃないかって」

「ふふ。なるほど。あくまでリヨンなら……だよね」

「そういうことだな」

「そっか。うん。そっか……アキくんは、私をリヨンとしてだけで見られるの？」

まっすぐ俺の目を見つめてきながら理世が問う。

答えは……。

「無理だと思う」

「ふっ。はは。正直に答えちゃうんだ」

ここで嘘《うそ》をついて誤魔化していい関係じゃないだろう。

だからここは正直に答える。

「知っちゃった以上、そのことをなかったことには出来ないと思う。多分テレビとか街で見たらその都度思い出すから」

「ふーん。思い出す、レベルなんだ」

そう。

結局俺は……。

「リヨンがリヨンでいたいなら、俺もそう接する……というか、リヨンにそうされたうえで色々考えられるほど器用じゃない。リヨンが俺の前でリヨンでいてくれれば、俺はそうと思って接するし、それしか出来ないから」

そもそも沙羅《さら》に言われてなかったら気づいてないんだ。

会ったときに衣装でも着てこられたらともかく、この格好で、この態度で話していると きにアイドルがチラつくことはない。

わかったうえで会った今日ですらそうだったのだからその部分だけは保証できる。

別にアイドルだから好きなわけでも、話しているわけでもない。

俺はリヨンがリヨンだから、こうして会って話しているわけだしな。

俺の言葉に、リヨンは柔らかく笑う。

「ふふ。そっか。リヨンのままでいて、いいんだ」

「そうだな」

色々問題はまだあるだろう。

でもこれが、問題を解消する一番の答えでもあると思う。怖がっていたリヨンに対する、な。

「そっかそっか」

一人でリヨンが何度か繰り返す。

そして。

「よしっ！　私もしたいようにする！　そうしよ！」

リヨンの表情が変わる。

「リヨンはそのために作ったアカウントだったし、アイドルの私とは違うんだし、何よりアキくんが受け入れてくれてるならそれでいいや！　そうする！」

今度こそようやく、パァッと表情が晴れ渡る。

「よかった」

「まあとはいってもアイドルだから……これでアキくんは共犯者ってわけだ」

ニヤッとリヨンが笑う。

「共犯者……か」

「いいでしょ？」

「いいな」

身体《からだ》を許し切ったわけでも、当然恋人関係になるわけでもないこの名前のない関係には、一番ふさわしい名前がついたかもしれない。

「アイドルの私はやっぱりアキくんだけのものにはなれないし、許すのは身体だけにしておくね」

「身体も許さない方がいい気もするんだけど……」

「いやなの？」

いたずらっぽくリヨンが笑う。

その問いかけには答えられなかったが、答えられなかった時点で俺の負けだろう。

リヨンも満足そうに笑うだけだ。

「ああそうだ」

「ん？」

「アキくんは名前、教えてくれないの？」

「ああ……」

「彰人《あきと》だよ」

これでいよいよ、最初に使った言い訳は使えなくなるな。

「いいね。どっちで呼ぼっかな」

ニコニコ笑うリヨンの顔は、テレビの中で見るのとは明らかに違う魅力を放っていた。

お泊まりデート

「ねえ、このあとまだ時間ある？」

「このあと……？」

ファミレスでひとしきり話したあと、リヨンが俺にそう問いかけてくる。

確かにまだ店もやっている時間といえばそうだし、今日は週末だ。

「特に予定はないけど」

そう答えるが、とはいえこの時間からどこに行くのかと思ったら……。

「うち、来ない？」

「え……」

「あーその……別に変な意味じゃないというか、いや……んー……もうちょっと、アキくんと一緒にいたいんだけど、ダメかな？」

断りようのない誘い文句だった。

「いいけど、いいのか……？」

「もちろん！　こう見えて私、いつでも部屋は綺麗《きれい》にしてるんだよ？」

そういう問題なのかは一旦置いておくとして、ひとまずリヨンの提案を否定する材料はない……よな？

今の相手はリヨンだ。ただの……というと語弊があるが、友達の家に行くことにためらう必要はないはず……ないはずだ。

「じゃ、早速行こっか」

「ああ。買い物とかして行くか？」

「んーん。多分大体のものあるから大丈夫だよ！」

「なら……」

そういえばリヨンが来たときは菓子折りとかあったけどこのまま行っていいのかと思っていると、表情を読んだようにリヨンがこう言った。

「ふふ。気は使わないでね？　何回でも来てほしいから」

今回は少なくとも、そのお言葉に甘えることにしよう。

◇

「あの家なんだけど、一応時間差で入ろっか。これ合鍵だからオートロックの解除はこれで。部屋番号は――」

ほとんど終電だったが、何駅か電車で移動して目的地付近まで行き、立派過ぎるマンションの前にたどり着いていた。

一本通りを挟んだ先で、リヨンから鍵の説明を受ける。

ファミレスにいたときまではともかく、なんかこうなると本当に別世界の住人のように思えてくるな。

「ちゃんと聞いてる？」

「ああごめん。ちょっとぼーっとしてた」

「もー。でもごめんね？　ほんとはこんな気使わせたくないんだけど、一応何があるかわからないし何かあるとアキくんに迷惑かかっちゃうから」

リヨンの言い分は十分理解できるし、俺も理世《りよ》に迷惑がかかるのは本意じゃないからい。

それに今のリヨンの姿を見てアイドルを想像できる人間はこれまでも稀《まれ》だったんだと思う。沙羅がちょっとおかしかっただけで。あとはこの距離で話さない限り気づかないレベルでこれは、立派な変装だ。

念には念をという意味合いが強いんだろうとか真面目に考えていたんだが、リヨンにはどうやら別の思惑があるらしい。

「共犯者っぽくていいね」

自分で言ったフレーズが気に入ったのか、この関係が気に入ったのかわからないが、楽しそうだった。

さらに……。

「へへへ……合鍵、渡しちゃった」

はにかむリヨンが可愛《かわい》い。

じゃなくて……。

「部屋に入ったら返すつもりだったけど」

「え⁉　なんでそんなひどいことするの⁉」

ひどいのか……？

まあでも、これもリヨンなりにやりたいことの一つなんだな……。

「リヨンがいいならまあ、いいけど」

顔が緩むリヨンを見ていると間違った変化じゃないのはわかるからいいんだけど……。

「とりあえず入るか……」

「うんっ！　そんな時間空けなくてもいいから！　すぐ来てね」

「わかった」

パタパタとリヨンが駆け出して行った。

広いエントランスを抜けて姿が見えなくなっていくのを見送る。

「……これだけ見ると文字通り、住んでる世界が違うな」

目の前から消えると余計そんな気持ちが強くなる。

「これ、返さないでいいのか……」

持たされた合鍵を見つめて思う。

重みがあるというか……明らかに高級感のあるマンションに入るにあたって、緊張感みたいなものがあった。

「そろそろ行くか」

ちょうどよくリヨンからもメッセージで「もういいよ」と連絡が来ていた。

こんな仰々しいセキュリティの建物に入る経験なんて早々ないので少し緊張しながらも、特段問題はなくエレベーターで指定された階まで行くと……。

「あ、アキくんこっちこっちー！」

「待っててくれてたのか」

「一回部屋には戻ったけどね？」

エレベーターを降りてすぐ、リヨンが出迎えてくれていた。

「行こ行こ！」

すぐに俺の腕を取って歩き出すリヨン。

「ここはいいのか？」

「建物の中は基本大丈夫だから！　少なくともいいカメラで盗撮されたりの心配は少ないしこの格好ならいいかなって」

まあ確かにこのファッションのときはそうか。

「まあ、いいならいいのか」

「うんうん。どんどん行こー！」

勢いだけはいいが流石《さすが》にマンションの廊下なんてそう大した距離もなく、あっさり目的地にたどり着く。

見える範囲だからだろう。鍵もかけていない扉にリヨンが手をかけて……。

「ようこそ！　アキくん」

「おじゃまします」

扉を開けた瞬間間取り全てが一望できる我が家とは違い、ちゃんと廊下がある。

おそらく一番奥がリビング。そのほかにもいくつか扉があるあたり、一人暮らしにはかなり広い家だということが窺えた。

玄関もかなり広い。

だというのに脱ぎっぱなしの靴が一足も放置されていない整頓された綺麗な家だった。

「初めてこんないい家に入った」

「あはは。一人だから物が少なくて、生活感は出さないようにレイアウトできちゃうからね」

「なるほど……」

まあそれだけじゃなくて、これは性格もあるだろうけどな。

そういう部分もこれまで知れなかった新鮮な部分かもしれない。

「まあまあとりあえず入ってー。洗面所は入ってすぐ左……って私が先に行けばいいんだ」

テンション高めのリヨンについて中に入っていく。

手洗いを済ませ最初に見た一番奥の扉を開けると……。

「おお……」

「なんか来た時からずっと驚いてるねー」

キッチンの方へ歩いて行ったリヨンが言う。

仕方ないと思いたい。何帖《なんじょう》あるのかわからないほど広いリビングと、もうサイズもわからない大きなテレビ。

多分テレビの前のソファですら俺の家のベッドよりふかふかだと思う。

「自分ちみたいに楽にしててね」

「無茶言うな」

「あはは。あ、もしあれならゲームやって待ってる？　ちょっと紅茶淹《い》れたりするから」

キッチンから声をかけてくるリヨンだが……。

「ゲーム、この部屋にあるのか？」

「うん。パソコンは別の部屋にしてるけど、こっちにも置いてあるよ」

基本的に俺たちがやり取りをするゲームはパソコンから操作するものが多い。

俺なんかはコントローラーとかを全部手の届く範囲に置いてたけど、ここはそもそもゲーム要素が部屋から見いだせない。

探しようがないくらい綺麗な部屋だ。

そうこうしているうちに作業がひと段落ついたようでリヨンが一度こちらにやってきてくれた。

「ここに全部入れてるんだけど……」

そう言ってテレビボードの下の引き出しを開いたリヨンだが……。

「あ……」

「ん？　あ……」

リヨンが見つけたものが俺の目にも入って、同じ反応になる。

「ちちちちがうの⁈　これは別にそういうつもりでってわけじゃなくて！」

わかりやすく慌ててそれを手に取って背中に隠すが、その行動にどれだけ意味があるかもわからない。

「うぅ……違うのぉ……」

一瞬見えたそれは、間違いなく沙羅《さら》がうちに置いていった例のものと同じ、ゴムだった。

沙羅から押し付けられたりしたか？　と思ったが、さすがにここまで来てはいないだろう。

「あれ？　そういうつもりじゃないってことは……何で持ってるんだ……？」

「わー！　違うから！　ほら！　新品だし！　使ってない！　使う相手もいない！　アキくんだけ！　って違う！　そういうことじゃなくてわあああああ」

顔を真っ赤にして慌てていた。

手までバタバタ動かすせいでせっかく隠したのに意味もなくなっている。

沙羅に押し付けられた時には気づかなかったがサイズの違いがあるんだな……。なんか大きい人用とか書いてある……。

「これは違くて！　その！　もしアキくんのが大きくても大丈夫なようにって……大は小を兼ねると思って！」

どんどんドツボにハマるな……。

「いやまあ、うちにもあるからそんな慌てなくても」

フォローするつもりで言いかけたところ……。

「えっ⁉　アキくん！　誰に使ったの⁉」

「使ってないから⁉」

「ほんとに⁉　でもじゃあなんで！　私が行ったときはなかったよね⁉」

「それはそうなんだけど……」

「私以外にもそういう相手がいるってこと⁈」

そもそもリヨンがそういう相手なのかが問題だが、とりあえず早めに誤解を解こう。

「えっと……まず沙羅が俺に押し付けてきたんだよ」

「沙羅ちゃんって……あのコンビニの子……だったよね？　なんで？」

至極真っ当な疑問だった。

「それは……俺も聞きたい。一応、リヨンと使えって持ってきたみたいだったけど……」

「そうなの？」

頬を染めて若干嬉《うれ》しそうにするリヨンの心理が理解しきれない。

「じゃあアキくんも開けてないゴムが家にあるんだね」

ちょっと恥ずかしそうに、若干嬉しそうにリヨンが言うんだが、この誤解も早めに解いておかないと後で大変なことになる気がするから先に言う。

「えっと……寧々《ねね》が来た時に開けてる」

「えっ」

あ……。

伝える順番を間違えた。

リヨンの顔がわかりやすく死んでいた。

「いや！　使ったわけじゃなく！　普通になんか開けてベタベタするとか言いながら捨てた！」

「寧々ちゃん……親戚の子って言ってたのがその子？」

「そうそう」

そこからだった。

俺も結構テンパって余裕がないな……。

「ふーん……そっかぁ……ふーん……」

どんな顔をしていいかわからない様子で、視線をさまよわせるリヨン。

気持ちはわかる……と思っていたら全くわからないことを言い出した。

「まあ、最終的にはアキくんが誰かとそういうことシてでもいいんだけど……」

強がりとか渋々とかいう顔ではなく、冷静に考え込みながらそんなことを言う。

「最終的にってどういうことだ」

「私が一番なら、それでいいよってこと」

急に距離を詰めてきたリヨンがそう言う。

顔を寄せた状態で、目を真っ直《ま》ぐ《す》見てこられたせいでドキッとさせられた。

そのせいで色々余裕がなくなったんだが……。

「一番なら……」

リヨンの顔が近づいてきて……。

「んっ」

唇が触れ合うほど顔を近づけてくる。

ただし、俺の唇に触れたのは、リヨンが自身の口に触れていた人差し指だ。

妖艶《ようえん》にほほ笑むリヨンが急に大人びて見える。

間違いなくその人差し指に俺の唇は触れたし、その先にリヨンの唇があった。

当然顔はこれ以上なく接近していて、ああこんなに近づいてもリヨンは綺麗《きれい》なんだな、なんて間抜けなことを考えている間に、あっという間にリヨンが離れていった。

「ドキドキした？　ラップ越しにやったりするのは動画で見たことあったけど、これもいいね？」

ニヤッと笑うリヨンを見ると謎の悔しさが湧き起こるが、あいにく反撃する術《すべ》は思いつかなかった。

その間に良《い》いようにリヨンにペースを握られた。

「シとく？」

「そっちももう余裕ないだろ」

顔が赤いのを隠しきれていない。

別に無理する必要はないだろう。

「いいの？　他の子とシたくなっても、私としてなきゃ出来ないよ？」

当たり前のようにそんなことを言う。

どんな理屈だと思うんだが……それがリヨンなりのこだわりならまあ、受け入れよう。

「それが共犯者……ってことか」

「ふふ。そう」

笑いながらリヨンが一旦距離を取る。

「身体《からだ》だけなら、別に許してあげるからね」

「リヨンが一番なら、だな」

「そういうこと。他の子とシたくなったら先に私に言うように」

リヨンがそう言うのならもう、それでいいと思うことにする。

本当によくわからない関係だなと思いながら、ひとまず頷《うなず》くだけ頷いておいた。

◇

「随分遅くなったな」

「来た時間が遅かったからね」

ソファで二人、ついゲームに没頭して気づけば日付を跨《また》いでいい時間まで居座ってしまった。

テーブルにはお菓子とジュースが広げられていて、俺たちの手元にはあらゆるゲーム機のコントローラーが並んでいる。

来た時を考えれば随分生活感が出ていた。

「そろそろ寝た方がいいんじゃないか？」

タクシーで帰るなんて金はないけど、幸いこの辺りは栄えていて寝られそうな場所くらいはいくつかあった。カラオケやら、ネットカフェやら……。

だからそろそろと思って立ち上がったんだが、リヨンが俺の服の裾を握りながらこう言う。

「今日はもう、泊まってっちゃえば？」

角度的に上目遣いになる。

それでなくても可愛《かわい》いリヨンがこれは、ずる以外の何物でもなかった。

「いいのか……？」

こう答えた時点でもう、結末は決まったようなものだ。

「ふふ。まだ遊び足りないでしょ？」

「そうだな……」

実際やってたゲームも不完全燃焼だったし、そういう意味では素直にこの誘いは嬉しい。

この感覚は完全に男友達に対するものだな。

「じゃ、続きやろー。あ、お風呂《ふろ》沸かしてきちゃうね」

パッと立ち上がるリヨン。

風呂の方に走って行ったかと思ったら……。

「ねえ、お風呂、一緒に入る？」

「──っ⁉」

「あはは。冗談だけど、ほんとに入りたかったら言ってね？」

いたずらっぽく笑って廊下に戻っていく。

油断してると本当に、振り回されっぱなしだ。

そこからしばらくゲームをやって、風呂は当然ながら別々で入ることにしたんだが……。

「着替えとかないな……」

むしろ携帯と財布以外何もない。

当然といえば当然だ。こうなると思って出て来てないからな。

「流石《さすが》にアキくんに貸せる服はないから……買いに行こっか」

「こんな時間にやってるとこあるのか」

うちの近くとはちょっと違うな……。

「私が買いに出ておくから、その間にお風呂入っちゃってて」

「いや、逆だろ。店も名前がわかれば行けるから」

「お客さんに行かせるのは申し訳ないんだけどなぁ」

そう言いながら考え込むリヨン。

気持ちはわかるから、援護するか。

「せっかくもらったから、使いたいんだよな。これ」

そう言いながら合鍵を見せる。

一発でリヨンの表情が変わった。

「そ、そう？　それならまあ、いいのかな……」

そこまで照れられるとこちらも何か恥ずかしくなるんだが……。

「お店はここと……この辺ならやってると思うし、コンビニもあるから」

携帯で地図を広げながらリヨンが教えてくれる。

これなら何とかなるだろう。

「じゃ、行ってくる。風呂あがったら戻ってくるから連絡してほしい」

「え、別にいつ入って来てもいいよ？」

脱衣所と洗面所、一緒じゃなかったか……？

まあそれはこっちが気を付ければいいか……。

「わかった。じゃあ……」

「うん。ごめんね？」

「いやいや、まあとりあえず行ってくる」

そんなやり取りをしながら玄関に向かう。

扉を開けるギリギリのところまでついてきてくれたリヨンに見送られながら、着替えを買いに出かけたのだった。

◇

「ただいまー」

着替え、と言っても下着と寝巻きくらいだ。

Tシャツは買ってきたが、下は明日も同じものでいいだろう。

歯ブラシやらも買ってきたからそれなりに時間はかかったはずなんだが……。

「ま、待ってアキくん!?　今ちょっと大変だから待って！」

リヨンが叫ぶ声がなぜかリビングから聞こえてくる。

脱衣所ならわかるんだけど……。

「なんかあったのか？　とりあえず洗面所に入って良いなら手洗っておくけど」

「そうして！　むしろそのままお風呂入って！　その間にどうするか考えるから！」

鬼気迫る声だった。

なんなんだ……。

「まあ、そういうなら入るけど……」

「ごめんね！　お願い！」

ちょっと気になる気持ちもあったが無理に暴《あば》くこともないだろう。

ひとまず買った服を脱衣所に広げて、そのまま風呂に入ることにした。

「……湯船に入るの、謎の罪悪感があるな」

風呂場に入ったはいいが何をするにもなんとなく葛藤が生まれていた。

まず湯船。さっきまでリヨンが浸《つ》かっていたと思うと変な気持ちになる。

さらに洗い場の椅子。そして身体を洗うタオル……。

気にしすぎといえばそれまでなんだが、どれもどこか触れないようにしてしまう自分がいた。

「シャンプーも……なんかよさそうなやつだし……」

リヨンからするいい匂いの一端を担《にな》っていると考えると変な緊張感があった。

とにかく終始落ち着かない。

「まあ、さっさと上がるか」

最低限、とはいえ丁寧に全身を洗って、ちょっとだけ湯船にも浸かっておいた。

シャワーだけで済ませても良かったんだが、リヨンの慌てようを考えての時間稼ぎだ。

風呂から上がって、おそらく俺のために用意してくれたタオルとドライヤーを借りて、そこそこ時間を使ってから上がったんだが……。

「もういいか？」

リビングの前で一応確認をする。

「うぇ⁉ もう上がったの⁈ もっとゆっくりでよかったんだよ？」

「いや……結構ゆっくりさせてもらったんだけど……なんかあったのか？」

「うぅ……」

リビングの向こうからうめき声が漏れる。

「なんかあったわけじゃないというか……何もなくなっちゃったというか……」

「どういうことなんだ……」

「その……泊まってもらうのにウキウキして忘れてたんだけど、私からお風呂にはいっちゃうとですね……その……恥ずかしいものを見られるというか……その対策を考えていなかったというか……心構えがなかったというか……」

要領を得ないがとにかく困っていることだけは伝わってきた。

だが内容が全く見当がつかない。

「うー……アキくん、私の顔見て嫌いにならない？」

「え？」

むしろ好きになる寄りの要素だと思ったんだが……。

「お風呂入っちゃったからすっぴんなの。化粧やり直そうかと思ったんだけど、パジャマと合わなすぎるし……私も一緒にお買い物行けばよかった……」

「ああ……そういうことか」

確かにリヨンとして会ってきたこれまでを考えれば、化粧は濃い……というか作られた特殊なものだったかもしれない。

アイドルの顔も知っているとはいえ、これもすっぴんではないわけだ。

だと考えると、これで印象は大きく変わるのだとは思うが……。

「リヨンの顔見て嫌いになることはあり得ないと思う」

「ほんとに？　保証できる？」

もちろん顔もその人を構成する重要な要素ではあるが……。

「俺とリヨンはそもそも、顔知らないで会うとこまでいっただろ？」

「そういえば……」

すっかりリアルの絡《から》みがメインになりつつあるが、元々は顔も知らないで声だけで、なんならゲームだけで繋《つな》がった相手だ。

確かに今さらというのは恥ずかしいのかもしれないが、気にしすぎないでいい要素だと思う。

「なら……」

そう言いながらリビングの扉が少しずつ開いた。

こっそりと顔をのぞかせるリヨンは恥ずかしそうに顔を隠していたんだが、まず目に入ってくるのは髪形だ。

真《ま》っ直《す》ぐ下ろした黒い髪は、艶《つや》めいて見えるほど綺麗《きれい》だった。

思わず息を吞《の》むくらいだ。

「……なんか言って」

どんな表情で出てきていいかわからなくなったのか、何故《なぜ》かちょっと唇を不服そうに尖《とが》らせたリヨンが言う。

普段のリヨンを思えば幼く見えるが、それでもこれはこれでかなり魅力的で……。

「可愛《かわい》い」

「ほんとに？」

「うん」

リヨンとしての姿も、アイドルとしての姿もかなりの完成度だが、それを可能にするにはここまでの素材がないといけないのかと改めて思い知ったほどだ。

「許されるならたまに見たい」

「うう……泊まりに来てくれたら……いいよ」

限界を迎えたようでリヨンが顔を逸《そ》らした。

「そんな恥ずかしがる必要ないと思うくらい可愛いんだけどな」

「――っ！　も、もういいから！　それ以上は……あっつい……身体《からだ》熱くなっちゃう」

パタパタと服の胸元を持って扇《あお》ぐ。

目を逸らすのが遅れて下着をつけてるのかどうか怪しいくらいまで、胸元が目に飛び込んできてしまった。

「アキくん……？　あ……」

俺の視線が不自然に外れたことで気が付いたらしい。

服をバッと抱き込んでリヨンがこちらを軽く睨《にら》んでくる。

俺が悪いんだろうか……いや悪いのか……。

「ごめん」

「いや……というか私、顔のことで頭一杯になってブラしてない⁉」

「言わないでいいから！」

じゃあさっきちらっと見えたのはほんとに……とか考えてしまう。

なんとか話を変えよう。

「え、えっと……寝るのはソファでいいのか？」

「え？」

軌道修正が無理やりすぎて戸惑わせたかと思ったが、そうではないらしい。

「ベッドで一緒じゃダメなの？」

キョトン、とした表情でそんなことを言う。

「え……」

今度は俺が驚く番だった。

ただリヨンに引く気はないようで……。

「ダメ？」

上目遣いでそう言ってくる。

例によって断ることは許されないずるい表情だった。

◇

「あはは。思ったより狭くならないんだね」

あの後、軽くゲームをしたり、歯磨きなんかをして寝る準備を進めて……今は二人、ベッドで横になっていた。

狭くない、とリヨンは言うが……。

「ここまで密着すればな……」

「えへへ」

仰向けになった俺に抱きつく形で、完全に身体が重なっていた。

これなら確かに、一人用のベッドでも十分だろう。

十分なんだけど……。

「色々当たってるんだけど……」

「当ててるからね？」

あれだけ恥ずかしがっていたのに慣れてからはいつもの調子だった。

　ちなみに下着もあれからつけるタイミングはなかっただろうから、今のこの感触は……やめよう。深く考えるのは。

「これで親戚の子にも、沙羅《さら》ちゃんにも勝ったかな」

「勝ち負けの問題なのか……」

　それでもまぁ、隣で満足そうに笑ってるあたりこれでいいのか。

「私はアキくんを縛り付けたりしないし、身体だけの関係みたいなものだけど……アキくんの一番ではいさせてね」

　耳元でそうささやいて、ぎゅっと抱き着いてくるリヨン。

「身体だけってことはないと思うんだけど……」

「あはは。まあそもそも、まだないもん、ね？」

　ここから耐えられるのか怪しいくらいではあるが、少なくともそうだ。

　これが共犯者……ということなんだろうな……。

　名前も知らない関係から始まった俺たちの曖昧な関係にようやく名前がついたが、それでもなお、俺たちの関係は説明のつかないよくわからないものになったのだった。

前野《まえの》理世《りよ》とリヨン

「はー……」

理世のその声はため息のようでため息ではなかった。

「リヨンでいいって、言ってもらえたなぁ」

嬉《うれ》しそうに、どこか恥ずかしそうにはにかみながら、誰もいない部屋でベッドに倒れ込みながらつぶやく。

「バレたら終わりだと思ってたのに」

理世にとって、アイドルの自分はそれだけ大きく、切っても切れない要素だった。

その理世に、彰人《あきと》は「リヨンのままでいい」と言った。

理世にとっては本当に大きな意味を持つ一言だった。

「というかアキくん、本気で全然気づいてなかったんだなぁ」

危なかった場面なんていくらでもあった、と理世は振り返る。

そもそも彰人がちゃんと理世のことを見ていれば、会った日には沙羅のように気づいた可能性すらあるのだ。

だが彰人は全く気付くことなくリヨンとして接し続けていたし、知ってもなおそんなに気にする素振りがなかった。

「ちょっとそれはそれでなんか悔しい気もするんだけど……」

ポスターまであって気にしなかったの⁉ と憤《いきどお》るが、同時に思う。

こんなことが言えるのも、彰人が理世をリヨンとして見ると言い切ってくれたからだと。

「ふふ」

無意識に笑みがこぼれる。

部屋の中でこうしてゴロゴロとして、リラックスできていることに理世は驚いていた。

元々地雷系ファッションに身を包むようになったきっかけは仕事《アイドル》に嫌気が差したから。

別に嫌いになったとか辞めたいとかではない。

ただ理世は、ずっと自分がアイドルでいることがしんどくなったのだ。

移動中も、学園に通っているときも、友達といるときも、家でくつろいでいるときも

……理世はずっと、アイドルの前野理世だった。

「疲れちゃったんだろうなあ」

気を張り続けて、ずっとアイドルの自分を守り続けて、それでちょっとだけ、嫌になった。

結果生まれたのが、リヨンだった。

アイドルから離れるために、好きなゲームにのめり込んだ。

アイドルの自分と対極の服を着て、新しい自分を得た。

そして……。

「リヨンとして見てくれる人に、会えた」

それが何より、理世にとって嬉しかった。

地雷系ファッションはある意味、理世がアイドルから切り替えるためのスイッチだ。

だが今はもう、切り替えに必要なのはむしろアイドルの自分になるタイミングではないかと思えるくらい、自然体で、リヨンとしての自分がいた。

その証拠に……。

「お、アキくん……じゃないか」

震えた携帯を見た瞬間に思い浮かべたのは、リヨンとしてつながった彰人のことだった。

無意識に彰人を求めていることを自覚するが、それ以上にこれは……。

「オフモードがこっちになったんだなぁ」

部屋でくつろぐ理世が、アイドルではなく、リヨンのモードなのだ。

「よかった……諦めなくて……」

あの日全部捨ててしまおうと思って、引き留めてくれた彰人に心の中で感謝する。

リヨンという存在が許されたことも、同時に彰人という友人を失わずに済んだことも含めて。

「あ、そういえば携帯……」

連絡の主はマネージャーだ。

「そうだった。今日は、アイドルやらなきゃいけないんだった」

気持ちを切り替える。

改めて、アイドルのために気持ちを切り替えないといけなくなった自分にどこかうきうきした気持ちを持ちながら、アイドル前野理世としての活動を開始したのだった。

エピローグ

リヨンの家に泊まったあの日から数日経《た》ち……なぜかうちに人が集まっていた。

元々はリヨンが改めて沙羅と話したいと言って、寧々《ねね》とも会いたいと言ったのがきっかけだ。

まあ一応この関係に落ち着くにあたって世話になったメンバーではあるし会うのはいいかと思い声をかけた。

落ち着いたのかどうかはともかく……。

まあそれはいいとして……。

「お兄。狭いなら寧々が上に乗ろっか？」

「自分は逆に乗ってもらってもいいっす」

「ダメだから！　アキくんは私の隣」

ほとんどワンルームと言っていい一人暮らしの俺の部屋にこんな人数がきっちり収まるはずがない。

狭いのだ。

集まったのは大吾《だいご》、沙羅、寧々、リヨンの四人。

元々大吾は焼き魚定食としてリヨンを知っているし、沙羅との関係もあったから来てもらった。出来れば主に沙羅のストッパーになってもらいたかったんだが、今のところ顔を逸《そ》らし続けていて役に立たない。

「仲いいなぁ」

「他人事《ひとごと》すぎないか？　大吾」

五人が座るにはスペースが足りないせいで、ベッドに二人が座り、テーブルを囲む形で残りの三人という構図になってるのだが、対面に座る大吾の足元にはカーペットが足りておらずフローリングの上に座らせることになってしまっていた。

さらに言えば今は何故《なぜ》かベッドにみんなして乗ろうとしていて場所がない。

「まあ他人事だからな。妹ってのはこの際忘れる」

一番大事なところだと思うんだけどな……。

そんなやり取りをしているうちに、わちゃわちゃ言い合っていたリヨンたちの会話も始まる。

「それにしても……ずっと気になってたけどこういう子だったんだ」

寧々を見ながらリヨンが言う。

「お兄、寧々のことどう紹介してたの？」

「服のタイプが近い親戚、かなぁ」

「思ったより無難な紹介なんだ」

そりゃそうだろう。

これでどれだけ頭を悩ませられたかわからないくらいだ。

「やっぱり……油断してたらアキくん、食べられちゃうね」

「え？」

「でもお兄、全然落ちないですよ？　このおっぱいでも」

寧々がそんなことを言いながら重量感のある胸を持ち上げる。

サッと大吾は目を逸らしていた。

「うわ……ちょっと私が揉《も》んでいい？」

「え」

「会ったときから気になってたし、何よりちょっと、想像してたより似合ってて可愛《かわい》いし」

よだれを出すかという勢いで寧々に迫るリヨン。

さっきまで言い争いをしていたのに……いやまああれはあれで大吾の言う通り、仲の良《い》いやり取りなんだろうけど。

「お兄！　怖いよ！」

本気で怯《おび》えた様子でサッと俺の後ろに隠れた寧々だが、リヨンは止まる様子がない。

俺を挟んで不穏な動きをして……。

「この際アキくんごとでもいいや」

「は？　おい⁉」

俺に抱きつく勢いのまま寧々の胸に手を伸ばしやがった。

当然正面から突進された俺はリヨンと密着する形になるんだが……。

「あっ……ちょっといきなりそんなところ触らないでください⁉」

寧々が本気で抗議していた。

いや抗議したいのは俺だ。

「苦しいから⁉」

後ろは柔らかいんだけど前は……いやこれは素直に言ったらダメなやつだ。

しかも別に、リヨンもないわけじゃない。

思考を読み取ったかのように沙羅《さら》が冷たい視線を投げかけてきていたが、これは無罪だと主張したかった。

「先輩たち、スカートなんですからやめた方がいいっすよ」

「あ」

リヨンがサッと身を引く。

おかげで俺も寧々もすぐ動けるようになって、姿勢を戻した。

大吾は絶対に見ないように目を背けてくれていた。元々見える角度ってわけでもないんだけど、律儀《りちぎ》なやつだった。

「アキくん。私こう見えて結構ガードは固いから心配しないでいいよ？　アイドルだからキスシーンとか共演ＮＧとか色々あるから安心して」

唐突にリヨンがそう言って腕を組んでくる。

何の確認だ……。

「お兄は一般人だから何も心配ないですもんね」

寧々も乗ってよくわからないことを言ってくる。

まあこれについては別に否定のしようもないんだけど、と思っていたら……。

「――え？」

リヨンが俺の腕を強く引っ張って自分の方に近づけた。

「どう見てもアキくんの方が危ないじゃん！　こんな可愛くておっぱい大きいなんて聞い

てなかったし」

寧々を見てリヨンが言う。

「こんな子、芸能活動してても早々見ないからね？」

「そうなんですか？　どうしよお兄。私グラビアアイドルとかやっちゃう？」

「勘弁してくれ……」

できそうなところがさらに問題だ。

ただ親戚として、というか妹のように見てきた立場として、複雑だ。

「お兄が独占したいならまあいっか」

「独占させるようなタイプじゃないだろうに……」

「えー。寧々、相手決めたら結構一途《いちず》だよ？」

明らかに狙ったあざとい表情でそんなことを言う。

これ、知らない人が見たら騙《だま》されるだろうな……。

「アキくん⁉」

騙されたのが横にいた。

「大丈夫だから。寧々は気づいたら彼氏作ってる」

「そう……なの？」

「失礼だなぁ。もう一か月近くいないのに」

「なるほど……」

一か月が長いというのを聞いてリヨンも納得してくれたらしい。

「でも、沙羅ちゃんはそうとは限らないよね」

「自分っすか？　自分は別に肉便器でいいって言ってるんで、身体《からだ》以外は望まないっす」

「アキくん⁉」

「何もしてないから！」

肩を握ってゆすられる。

沙羅を睨《にら》むがどこ吹く風だったので大吾を見ると……。

「やめろ！　身内のこういう話が一番きついって言っただろ！」

「じゃあ何とかしてくれ⁈」

そんなわちゃわちゃを見て、リヨンも笑う。

その後冷静になったかと思えば……。

「まあ、身体だけって言うなら……」

「そこに食いつかないでほしかった」

リヨンもリヨンで情緒が安定しないなと思いながら、改めて集まった面々を見る。

親戚。オンラインのつながり。さらには兄妹……。

考えて見ると不思議な縁だな。

もはやオンラインから始まったことも、会ってからはわずかな期間しか経っていないことも忘れそうになるほど濃いつながり。

「アキくん……？」

「いや、改めてよろしく」

「ふふ。うんっ」

相変わらずの黒い衣装にハーフツイン、涙袋の目立つメイク。

間違いなく地雷系のファッションに身を包みながらも、そのオーラはどこか無邪気で、似合わないくらいの屈託のなさで、それでも魅力的に笑いかけてくれていた。

あとがき

お久しぶりです！　すかいふぁーむです。

三年前『幼馴染《おさななじみ》の妹《いもうと》の家庭教師《かていきょうし》をはじめたら』でデビューさせていただいて以来のファンタジア文庫作品ということで楽しく書かせていただきました。

読者の皆様にも楽しんでいただけたら幸いです。


オタクに優しいギャル、みたいな、実在しそうでしなそうですするエルフみたいなヒロインを模索《もさく》していました。

ちらほら漫画等でも見るようになった地雷系というジャンルに触れて、これだ！　と思って『おさかて』完結後一年以上経《た》って久しぶりに編集小林さんに相談させていただき、そこからはなんかすごいスピードで気づいたら出版になってました。

『おさかて』のときも信じられないスピードでしたが（受賞五月、出版八月）、相変わらずすごかったです笑。

私の思う地雷系ヒロインの可愛《かわい》さと魅力が伝わっていれば幸いです。

超余談《よだん》ですが、作中に出てきた少し変わったペットカフェ、意外と色んなところにあるので興味あれば是非。猫も爬虫類《はちゅうるい》もいるカフェだと相模原《さがみはら》にあるはずです。

ちなみに作者も二〇二四年からそういうお店やるので興味あればツイッターにお越しください！（@binturong_toro）

最後になりましたがイラストを担当いただいたみれあ先生。

ヒロインたちが全員地雷系なうえに微妙にタイプが違うし、男キャラはこちらの指定があまりないし……という中で素晴らしいイラストをありがとうございました！

あとがきを書きながら本として届くのを待ちわびています。

また小林さんをはじめ、関わっていただいた全ての方々に感謝申し上げます。

そして何よりお手に取っていただいた読者の皆様、本当にありがとうございます。

またお会いできることを願っています。

すかいふぁーむ

お便りはこちらまで

〒一〇二－八一七七
ファンタジア文庫編集部気付
すかいふぁーむ（様）宛
みれあ（様）宛

富士見ファンタジア文庫

都合《つごう》のいい地雷系彼女《じらいけいかのじょ》と
カラダだけの関係《かんけい》を

令和5年8月20日　初版発行

著者――すかいふぁーむ

発行者――山下直久
発　行――株式会社KADOKAWA
〒102-8177
東京都千代田区富士見2-13-3
0570-002-301（ナビダイヤル）
印刷所――株式会社暁印刷
製本所――本間製本株式会社

※定価はカバーに表示してあります。
●お問い合わせ
https://www.kadokawa.co.jp/（「お問い合わせ」へお進みください）
※内容によっては、お答えできない場合があります。
※サポートは日本国内のみとさせていただきます。
※Japanese text only

ISBN978-4-04-075098-9 C0193　◇◇◇

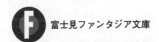

「す、好きです!」「えっ? ススキです!?」。
陰キャ気味な高校生・加島龍斗は、
スクールカースト最上位&憧れの白河月愛に
罰ゲームきっかけで告白することになった。
予想外の「え、だって今わたしフリーだし」という理由で
付き合うことになった二人だが、
龍斗はイケメンサッカー部員に告白される
月愛の後をつけて盗み聞きしてみたり、
月愛は付き合ったばかりの龍斗を
当たり前のように自室に連れ込んでみたり。
付き合う友達も遊びも、何もかも違う2人だが、
日々そのギャップに驚き、受け入れ合い、
そして心を通わせ始める。
読むときっとステキな気分になれるラブストーリー、
大好評でシリーズ展開中!

ありふれた毎日も
全てが愛おしい。

済みなキミと、
ゼロなオレが、
き合いする話。

ファンタジア文庫
何気ない一言も
キミが一緒だと
経験
経験
お付
著／長岡マキ子
イラスト／magako

じつは義妹《いもうと》でした。

~最近できた義理の弟の距離感がやたら近いわけ~

勘違いから始まる
兄妹いちゃラブコメ!

親の再婚で、俺の家族になった晶。美少年だけど人見知りな晶のために、いつも一緒に遊んであげたら、めちゃくちゃ懐かれてしまい!? 「兄貴、僕のこと好き?」そして、彼女が『妹』だとわかったとき……「兄妹」から「恋人」を目指す、晶のアプローチが始まる!?

白井ムク

イラスト:千種みのり

ファンタジア文庫

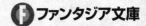

僕、兄貴のこと
すっごく好きだよ！
シリーズ
重版続々
大ヒット
発売中!!

学校……じろじろ見ないで
【朗報】
俺の許嫁になった地味子、家では可愛いしかない。
秘密の結婚生活《ラブコメ》！

ファンタジア文庫
甘えていいし？
家
著者：氷高悠
イラスト：たん旦
親同士の約束で俺に嫁（3次元）ができた!?
相手は地味で目立たない同級生・綿苗結花。
「最近の推しは誰ですか!?」「遊くん…って呼んでもいい？」
趣味もピッタリ、意気投合。
しかも、慣れたら学校では想像できないほど大胆に！
彼女の素顔と、2人だけの生活は可愛さしかない!?
クラスのあの子と

無自覚最強ハーレム！
シリーズ
好評発売中！
妹が女騎士学園に入学したらなぜか救国の英雄になりました。僕《ぼく》が。
After my sister enrolling in Girl Knights'School, I become a HERO.
author.
ラマンおいどん
ill. なたーしゃ
ファンタジア文庫

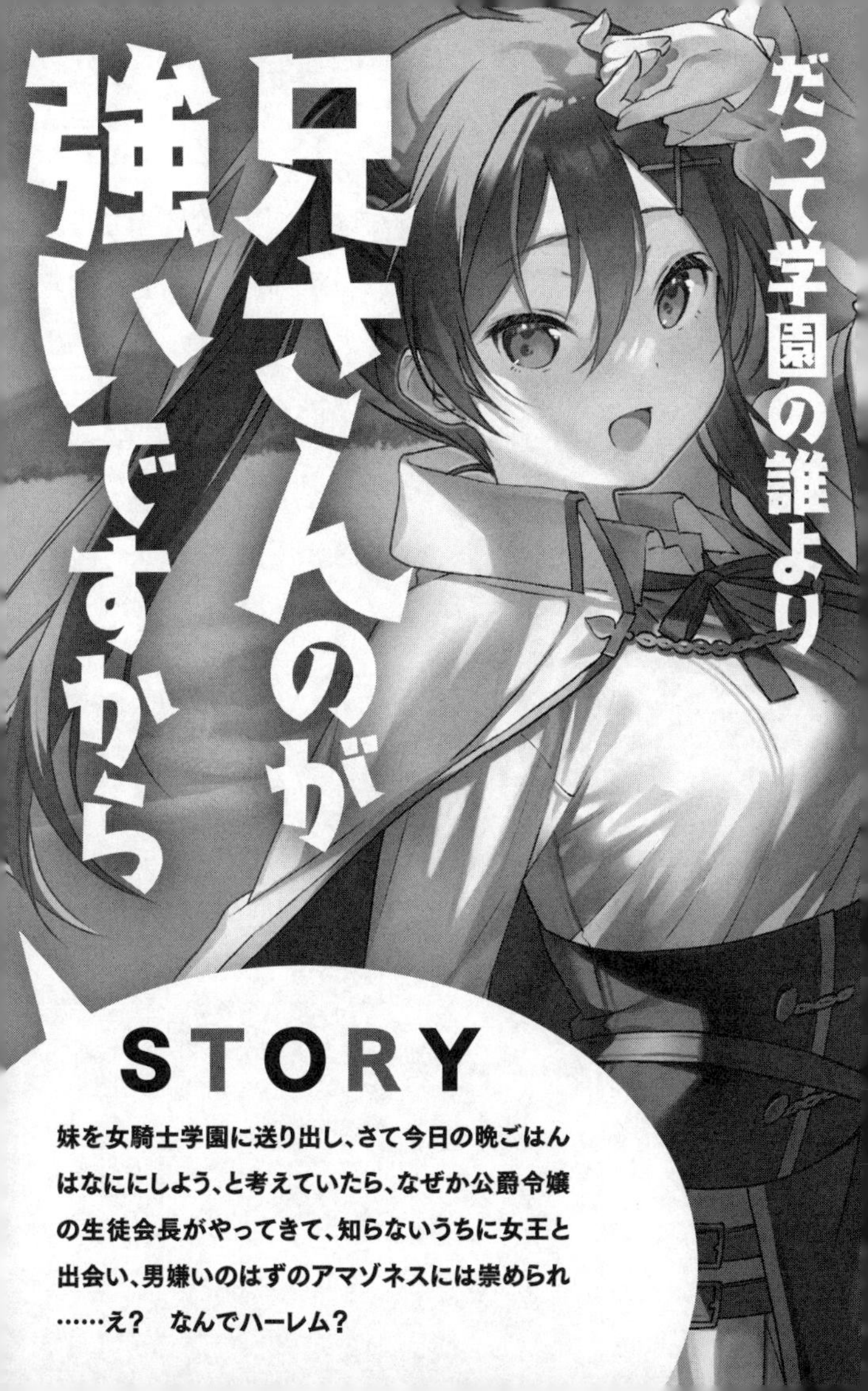
だって学園の誰より
兄さんのが
強いですから

STORY

妹を女騎士学園に送り出し、さて今日の晩ごはんはなににしよう、と考えていたら、なぜか公爵令嬢の生徒会長がやってきて、知らないうちに女王と出会い、男嫌いのはずのアマゾネスには崇められ……え？　なんでハーレム？